LES POÉSIES

DE

L'AGE MUR,

PAR M. ÉLIE DUPIN,

Ancien Notaire à Landiras.

BORDEAUX,

Typographie de E. Mons, rue Arnaud-Miqueu, n°. 3.

—

1851.

LES POÉSIES
DE L'AGE MUR.

LES POÉSIES

DE

L'AGE MUR,

PAR M. ÉLIE DUPIN,

Ancien Notaire à Landiras.

BORDEAUX,

Typographie de E. Mons, rue Arnaud-Miqueu, n°. 3.

—

1851.

LES POÉSIES

DE

L'AGE MUR.

INTRODUCTION.

Il est donc vrai : vous cherchez des lecteurs !
Peut-être aussi des hommages flatteurs !
D'où sortez-vous, mon pauvre solitaire ?
Le siècle marche, et nous n'avons que faire
  De vos rêves d'azur
  Et de vos vers de l'âge mûr.
  Depuis long-temps cette mode est passée ;
Pour nos jours de progrès vous êtes un peu vieux ;
  A vous permis dans le vague des cieux
  De promener votre pensée :

Nourrissez-vous du feu sacré.

Eh ! qui donc vous en saura gré ?

Dans la retraite et le silence,

Il est vrai, l'âme se complaît,

Et puis l'âme c'est tout, c'est toute l'éloquence,

Et l'art des vers n'a pas d'autre secret.

Si l'image du beau vous frappe et vous inspire,

Si vous avez le courage d'écrire,

Allez, suivez de loin la file des auteurs,

Et mêlez-vous au groupe des rimeurs ;

Au public faites-vous connaître.

C'est mal aisé, vous vivez à l'écart,

Vous marchez sans escorte et vous arrivez tard.

Ah ! si vous alliez apparaître

Conduit par d'illustres patrons,

On pourrait vous ouvrir les portes des salons.

Mais poursuivez votre chimère ;

Et, si c'est votre bon plaisir,

Que vos vers aillent se roussir

Dans les magasins du libraire.

Voilà ce que peut-être on se dira tout bas ;

Et cependant j'espère encore :

Mon reste d'avenir s'agrandit et se dore,

Et ma muse ne frémit pas.

D'ailleurs, pourquoi frémirait-elle ?
Voyez : le génie étincelle,
Et tous les arts restent debout.
La poésie, elle est partout :
Elle est dans la nature entière,
C'est le cachet de l'âme fière ;
Elle se mêle à nos progrès
Et redit les hymnes français ;
Elle est toujours pleine de vie,
Et tout est plein de poésie.
Dans les bosquets les plus déserts
Le villageois a ses concerts :
Ce beau soleil de nos campagnes,
Et les forêts et les montagnes,
Les tapis verts de nos vallons
Et les perles de nos glaçons,
Tout a sa part de mélodie,
Et le poète est là dans sa patrie.
J'aime à lui voir former ses chœurs
De bergers et de laboureurs.

Et vous, dont la pensée aux ressources fécondes,
Du haut de vos comptoirs, embrasse les Deux Mondes,
Vous pouvez accueillir mes vers ;
Ma muse avec bonheur accueille le commerce.

Vous, suspendus sur la voûte des mers,
Tandis qu'à votre gré le navire se berce,

Voyez aux bords lointains de nos cieux étoilés
Comme les océans semblent s'être mêlés :
On dirait que parfois l'horizon se recule,
    Et va, dépliant le tableau,
Des mondes éternels ouvrir le vestibule.
Alors, il est pour l'âme un cantique nouveau
    Que le poète aime à redire,
Et c'est alors le moment de me lire.
Si le marin approuve, il approuve du cœur ;
Le marin me lira pour me porter bonheur.

Lorsque tous les barreaux fournissent à l'histoire
    Leur contingent de gloire,
    Dans notre barreau Girondin
    C'est comme un astre sans déclin
    Que l'éloquence brille.
Et puisque tous les arts ne font qu'une famille,
Artistes, orateurs, sur vous je puis compter,
Et mon livre chez vous pourra se présenter.
    Un mot aussi pour les notaires :
    O vous ! qui fûtes mes confrères,
    Et me reçûtes sur vos bancs,
    Le temps a passé dans vos rangs ;
    Mais un souvenir me console :
    C'est que moi, l'enfant du pays,
    Je sus me faire à votre école
    Et des maîtres et des amis.

Et le vieux pèlerin, qui reprend son voyage

Et chemine pour le retour,

Pourra comprendre le langage

Du moraliste troubadour,

Et me lire avec bienveillance.

Vous me lirez aussi dans vos jours de silence,

O jeunes gens qui savez bien,

Lorsque vous dépliez vos riantes bannières,

Que le temps abat nos poussières,

Et que le temps ne laisse rien.

Vieillards que ma muse salue,

Pour vous mon âme s'est émue :

Il m'en souvient, dans tous les temps,

Vous avez eu ma sympathie,

Je vous consacre quelques chants

Dans le recueil que je publie.

Je me dévoue au culte qu'on vous doit.

La tête a pu blanchir, mais le cœur n'est pas froid,

Et je l'accepte pour mon juge ;

De vous je cherche à m'entourer :

De la raison qui craint de s'égarer

Le cerveau des vieillards fut toujours le refuge.

Je sais bien qu'aujourd'hui l'esprit est matinal,

Qu'on traverse en courant les beaux jours de l'enfance ;

Qu'au sortir du berceau c'est l'homme qui commence,

Et qu'on peut dans ses mains déposer le fanal.

Pourtant, si de bonne heure elle est prête à combattre,

Un peu d'hiver sied bien à la raison,

Et le printemps, ce n'est qu'une saison,

Et vous savez qu'il en faut quatre.

Et pour vous consoler dans vos jeunes chagrins,

Car il en est quand on commence à vivre,

Enfants, mes bons amis, il vous fallait un livre

Qu'un père surveillant n'ôtât pas de vos mains.

J'ai fait ce livre pour vous plaire,

C'est à vous de solliciter

Tous vos parents d'en acheter ;

C'est une bonne emplette à faire.

Quoi ! c'est là votre prospectus ?

Et vous voulez que l'on s'engage

A lire votre ouvrage

Sans connaître de vous quelque chose de plus ?

Si vous êtes poète, il faut bien qu'on le sache.

Puisqu'aujourd'hui vous faites le causeur,

Que vous vous permettez d'avoir un imprimeur,

Soulevez donc un peu le voile qui vous cache.

C'est votre avis ? Eh bien ! je me soumets.

Et cependant, que dire ? je ne sais :

Le poète est pour moi l'homme de la nature ;

Perdu dans l'univers, il chante à l'aventure.

Je voudrais jusqu'au ciel que sa voix pût monter,

Que la terre se tût pour le mieux écouter.

Tous ces mondes brillants qui flottent dans l'espace,

   Les parfums et les coloris

De ces bocages frais où le cœur se délasse,

   Et les hivers jetant leurs voiles gris :

Il fallait tout cela pour l'âme du poète,

Et sur l'esprit humain tout cela se reflette.

   La poésie est dans le sentiment,

   Ce n'est parfois qu'une extase muette ;

   Mais la pensée a besoin d'ornement,

Le versificateur lui fait une toilette,

L'esprit diamanté se mêle à ses atours.

Quant à moi, j'ai voulu qu'elle restât toujours

   Simple et chaste dans sa parure :

C'est le voile champêtre ou le manteau de deuil,

Et c'est comme autrefois la rime et la mesure.

   Quand vous suivez la marche d'un cercueil,

Puis-je donc empêcher que la cloche qui vibre,

Aille au fond de vos cœurs remuer quelque fibre ?

J'aime qu'au cimetière, où l'on prend rendez-vous,

Il pleure les écarts de ce monde frivole,

Et suspende son luth à la branche du saule

Le barde voyageur qui tombe à deux genoux.

J'aime aussi qu'à son tour le chalumeau champêtre

Me fasse souvenir que l'été va renaître.

Enfin, lecteur, dans ce recueil
Vous trouverez des chants de deuil,
Un peu de ma philosophie,
Et beaucoup de philanthropie,
Et ce cachet religieux
Qui doit m'attirer vos suffrages;
Et j'invite les cœurs pieux
A parcourir toutes mes pages.
De l'âge mûr j'ai pressenti les goûts,
Et c'est à lui que mon livre s'adresse,
Je désire qu'il l'intéresse.
Heureux pourtant s'il pouvait plaire à tous,
Jusqu'à l'enfant qui le feuillette
Pour y chercher quelque vignette.
Je crois en avoir assez dit :
D'ailleurs, ce papier se remplit;
Et si le journaliste apprête sa férule
Et s'il frappe sur moi, qu'il frappe doucement,
Ou bien plutôt qu'il souffre qu'un moment,
A petit bruit, mon ouvrage circule.
Et puisse le lecteur trouver quelque peu bons
Mes vers dont vous voyez quelques échantillons.

AVERTISSEMENT.

—

Dans ce recueil, qu'on fera bien de lire,
N'est pas entré le fiel de la satire,
Car je ne sais où sont les traits amers,
Et tout mon cœur a passé dans mes vers.
Pour la folie et ses bruyants esclaves,
Si je n'ai pas fait des vers complaisants,
Si j'ai monté sur les tons les plus graves
Le luth qui doit accompagner mes chants,
Enfants joyeux, ô brillante jeunesse !
J'aime pourtant vos transports d'allégresse
Et votre ardeur, qu'il ne faut pas gâter ;
Et vous aussi, pour venir m'écouter,
N'attendez pas que le temps vous ramène.
Tout l'avenir, c'est votre grand domaine ;
C'est la patrie où l'on vous attendra ;
J'écris pour vous, votre âme m'entendra.
Mais ces plaisirs à l'écorce légère,
Le vieux poète ira-t-il, pour vous plaire,
Les célébrer dans des vers élégants ?
Que servirait de perdre ainsi le temps !

Votre cœur d'homme aura plus de courage ;
Vous franchirez les barrières de l'âge,
Et votre esprit saura se faire vieux ;
Plus rapprochés, nous nous entendrons mieux.
Vous aimerez ma sombre mélodie,
Et, si ce n'est au matin de la vie,
Vous reviendrez me lire sur le soir,
Et je me plais à garder cet espoir.

    Peut-être bien que vous allez me dire :
Comment faut-il qu'une muse s'inspire ?
Je répondrai : qu'un pieux sentiment,
Malgré l'éclat de ce monde bruyant,
Malgré le bruit de ces foules pressées,
Fera germer les plus grandes pensées.
C'est vainement qu'en passant ici bas
Nous voulons être étourdis de fracas :
N'est-il pas vrai qu'il s'allume dans l'âme
Ce feu divin qui l'anime et l'enflamme,
Ce feu sacré qui vous fit éloquents ?
Et que, toujours fière dans ses élans,
De cette terre écartant les obstacles
Et voyageant à travers les miracles,
Cette âme, avide et de gloire et de paix,
Pour le poète agrandit les sujets,
Et n'a pour lui que des pensers utiles,
Des vers coulants et des rimes faciles ?

Pour retremper le goût de vos lecteurs,
A la nature empruntez des couleurs ;
Étudiez cette riche harmonie
Des grands tableaux que le temps vous déplie :
Là tout s'adresse aux esprits sérieux,
Tout donne à l'âme un chant mélodieux :

Et votre vie et votre fin prochaine,
Et les trésors de la science humaine,
Et ce progrès dans la marche des arts,
Et ce beau ciel qui frappe vos regards,
L'oiseau des bois et son touchant ramage,
Et cet éclair qui brille dans l'orage,
Ce grain de blé qui nourrit les mortels,
Et l'infini des mondes éternels,
Le merveilleux de ce monde visible,
La mer si calme et la mer si terrible,
La douce brise et les vents en courroux
Tous ces sujets, poètes, sont à vous ;
A pleines mains prenez en abondance,
Et dépensez sans craindre la dépense ;
Emparez-vous du présent, du passé,
Tout est à vous et rien n'est épuisé !

LA NUIT.

—

À l'heure où le sommeil semble enchaîner la vie,
Loin du monde et de son chaos,
Dans le silence et le repos,
Si je vais promener ma douce rêverie,
On dirait que la nuit m'invite à la chanter,
Quand ses ombres mélancoliques
Donnent des couleurs poétiques
Aux saphirs que le jour négligea d'emporter.

Accepte mon salut, ô nuit silencieuse !
Il me faut pour vêtir le temps
La pompe de tes ornements.
Oh ! viens rendre pour toi ma lyre harmonieuse !
Qu'elle vibre des sons pleins de ta majesté,
Des sons qui, pour l'âme attendrie,
Soient purs comme ta poésie,
Brillants comme l'azur de tes voiles d'été !

2

Non, on ne verra pas dans tes chastes parures
Flotter de longs cheveux dorés.

Laissons les nuages pourprés
Et les couleurs de flamme et les vives peintures
Pour les jours de l'été, ces beaux jours de réveil,
Où la nuit raccourcit ses ailes,
Où le temps fuit en étincelles
Et s'efforce sur nous d'appuyer le soleil.

Les nuits ont de ces chants à la gamme dolente :
Là de plus vagues sentiments,
De plus libres épanchements.
Pour les cœurs fatigués c'est l'heure consolante,
Et c'est alors aussi, quand tout dort ou se tait,
Qu'on parle à la nature entière
Et qu'on la fait dépositaire
De quelque souvenir que l'on tenait secret.

Choisissez une nuit plus douce et plus vermeille
Que l'aube et ses rayons naissants
Aux plus beaux jours de nos printemps,
Une nuit où le cœur doucement se réveille,
Où l'air s'est embaumé des fleurs de la saison,
Où le ciel me couvre et m'enlace,
Et semble creuser sa surface
Pour dresser sur ma tête un riche pavillon.

Les êtres suspendus à ces superbes dômes,

Oh ! comme ils sont majestueux !

Venez donc veiller avec eux ;

Venez, ils ne vont pas sommeiller comme l'homme :

Magnifiques tableaux, vous êtes dépliés !

Ma muse est faible pour vous peindre !

Et tout au plus elle sait plaindre

Les esprits trop mondains qui vous ont oubliés.

Poètes, venez tous ; c'est là votre solfège :

Sur vos pupitres étalés

Passent les mondes étoilés ;

Venez accompagner la marche du cortège !

Et soyez entendus du reste des humains !

Qu'on se taise et qu'on vous écoute.

Ou que, sous cette grande voûte,

On vienne répéter les cantiques divins !

Et si je veux gravir la riante colline

Ou descendre dans le vallon,

Et fouler ce tendre gazon

Qui fleurit sous mes pas et mollement s'incline,

J'aime qu'en murmurant, de limpides ruisseaux

A mes pieds poursuivent leur course,

Et qu'en s'échappant de leur source,

En gerbes de cristal ils festonnent leurs eaux.

Et puis, vous entendez ces oiseaux des bocages :

    Ils organisènt leurs concerts,

    Leur symphonie est dans les airs,

Et ce n'est pas de nous qu'ils veulent le suffrage ;

Ils semblent se jouer de tous nos vains efforts

    Et dire : à nous seuls l'harmonie,

    Et notre voix qui les défie

Défend aux curieux de troubler ses accords.

O lune, viens remplir ta modeste carrière !

    Argente bien tous ces rayons

    Qu'avec bonheur nous revoyons !

Viens répandre sur nous ta plus vive lumière !

Mais nous aimons aussi tes traits doux et rêveurs

    D'une nuit sombre et peu sonore ;

    Quelquefois on demande encore

Et la teinte blanchâtre et les pâles lueurs.

Lorsque nous sommes seuls plongés dans les espaces,

    Et que le ciel, doux et serein,

    Nous laisse voir dans le lointain,

Si nous apercevons les ombres ou les traces

De quelque être debout qui veille comme nous

    Ou s'endort dans les mélodies,

    Il a toutes nos sympathies,

Et nous voudrions qu'il eût notre extase et nos goûts.

Et là tout se module : une simple musette,

    Et le bruit que font les grelots

    Suspendus au cou des agneaux.

A ces effets lointains la campagne se prête,

Et l'on n'a rien perdu des moindres frôlements ;

    On entend frémir le feuillage,

    Et de la cloche du village

Nous pouvons à loisir suivre les tintements.

Et ce chant isolé que la nuit favorise,

    Ce chant si lent des matelots

    Qui se balance sur les flots

Comme fait l'aviron sur l'onde qu'il divise,

Ces pas lourds que les bœufs impriment lentement

    En pilant la terre fangeuse,

    Ou sur une terre pierreuse

Le cri que nous envoit une roue en passant.

Si les plus faibles sons vous donnent leur cadence,

    Et ce long retentissement

    Qui se perd dans l'éloignement,

Ce n'est pas pour troubler cet imposant silence,

Ce sont de grands effets qui l'accidentent mieux.

    Alors la poésie abonde,

    On ne sait plus où fut le monde,

Et l'on se fait immense à l'exemple des cieux !

Quand l'hiver a tiré de leurs grottes obscures

Les jours sombres et les frimats,

Les rafales et le fracas,

La nuit va déplier ses lugubres tentures,
Elle va s'en couvrir dans toute sa longueur.....

Qu'elle soit folle et furibonde,

Ou qu'elle soit calme et profonde,

Elle peut vous saisir d'une sainte frayeur !

Ainsi, lorsque les cieux ont mêlé leurs tempêtes

Et qu'ils déversent les torrents,

Et que le choc des ouragans

Fait craquer les lambris suspendus sur vos têtes,
Ce désordre est sublime, il a de grands tableaux

Que l'on redoute et qu'on admire !

Au sein de ce vaste délire

On voudrait retremper sa lyre et ses pinceaux !

Si, dans ces longues nuits aux sinistres images,

On croit voir des spectres dressés

Promener leurs restes glacés.....

C'est qu'on oublie alors la vie et ses orages,
C'est que, dans ce moment du repos général

Notre pensée est froide et sombre,

Et que, dans le vide et dans l'ombre,

Nous prenons notre lit pour un lit sépulcral.

O nuit, tu n'attends pas que l'horizon se dore !

Le soleil cache encor ses feux,

Et tu reprends tes voiles bleus,

Que tu vas rafraîchir aux portes de l'aurore.

Si tu veux qu'en pleins champs ils viennent te revoir,

Tous les heureux que je convie,

Tu chasseras, je t'en supplie,

Le vent qui les enrhume et le nuage noir.

L'INFINI.

—

Laissons passer le monde et ses poussières.....

Notre âme veut un champ plus agrandi.....

Elle franchit d'importunes barrières

Et malgré nous plonge dans l'infini,

Pour moduler dans le sein de l'espace

Un chant plus doux, un chant qui la délasse !

Découvrez-vous célestes régions !

Venez ouïr la voix qui vous appelle.

Comme avant-goût de la joie éternelle,

Donnez un peu de vos chastes rayons !

Alors qu'il touche à son heure dernière,
Venez donc voir ce juste qui s'endort :
Comme il vécut il meurt dans la prière ;
Il se grandit en face de la mort !
Il va pourtant tomber comme la feuille.....
La vie a fui, c'est la mort qui recueille ;
Inclinez-vous devant ces restes froids.
Dans ce mourant, qui malgré vous s'impose,
L'éternité vous a dit quelque chose
Qu'elle viendra vous dire une autre fois.

Vous avez beau vous clouer à la terre,
Il vous faudra quelque chose de plus !
Et quand l'esprit est vaste et solitaire,
On se souvient de tous les jours perdus.
Et c'est alors que l'âme se déplie,
Toujours plus haut monte sa sympathie ;
Il lui fallait le vague harmonieux
De ce ciel pur qui s'anime pour elle.
C'est en touchant à ce ciel qui l'appelle,
Que, plus à l'aise, elle respire mieux.

Vous le savez, la pensée est souffrante
Quand elle n'a que des objets restreints,
Et sa nature est d'être envahissante ;
Elle poursuit des tableaux plus lointains,

Et dit sans cesse au temps qu'elle dévore :
Plus loin toujours..... toujours plus loin encore.....
Tout est pour elle espoir ou souvenir ;
Elle parcourt tous les siècles de gloire,
Et l'on dirait qu'elle blâme l'histoire
De n'avoir pas dévoilé l'avenir.

En repliant un tableau de la vie,
Il est souvent des heures de langueur.
Expliquez-moi cette mélancolie,
Ce serrement et ce vide du cœur
Que l'on éprouve alors que l'on commence
A s'éloigner des lieux de son enfance
Pour se jeter dans un monde nouveau ;
Qu'on ne voit plus le clocher du village,
Et que déjà le dernier paysage
Nous a caché son dernier arbrisseau.....

D'un édifice au magnifique dôme,
Lorsque parfois on atteint le sommet,
Ce n'est plus rien, c'était l'œuvre de l'homme,
Et le fini vous donne son secret.
Du belvéder qui frappait votre vue
Et qui semblait se perdre dans la nue
On a gravi le dernier échelon ;
Mais au-dessus, et dans ce ciel immense,

Comme l'on dresse avec magnificence
Sur votre orgueil un autre pavillon !

En vain des arts les dessins méthodiques
Ont embelli vos champêtres séjours ;
De vos jardins aux formes symétriques
L'œil a trop tôt parcouru les contours.
Il nous faudrait un plus large bocage,
Un plus doux rêve, un site plus sauvage.....
Nous nous plaisons dans ces jeunes bosquet
Où l'art n'a pas entravé la nature,
Où librement s'enlace la verdure,
Et qui, plus tard, se changent en forêts.

Quand le ruisseau cadence un doux murmure,
Que vous suivez ses trajets sinueux,
Alors qu'il va jouer sur la verdure,
Il réjouit votre oreille et vos yeux.
Mais supposez que ce soit un grand fleuve.....
Ou plus encore une mer qui se meuve.....
Que sous la main qui le tient enclavé
Un océan se gonfle dans l'espace.....
C'est un tableau dont la grande surface
Dans l'infini n'est qu'un point achevé !.....

Oh ! l'infini ! ce tourment des athées,
Cet argument qu'ils combattent en vain,

Comme il absorbe et grandit les idées,
Et vers le beau pousse l'esprit humain !
Dans ces forêts et ces larges montagnes,
Cet horizon qui borde les campagnes,
Et tout ce ciel et ces profondes mers,
Que tout est grand ! Mais pour cette grande âme
Que Dieu fit libre et que la gloire enflamme,
Ce n'est pas trop de ce vaste univers !

Mais j'y reviens : l'infini, mot sublime.....
Qu'il a des sons graves, retentissants.....
Pour le chanter, ma muse se ranime ;
Je suis poète alors que je l'entends !
Cet infini, c'est donc ce nom suprême
Dont Dieu voulut retenir le problème
Et qu'on prononce avec solennité !
Et puis ce nom, dans sa superbe image,
Vient rappeler aux hommes de passage
Qu'au front des cieux se lit l'éternité !

LE FOSSOYEUR.

Je suis le fossoyeur, l'homme des cimetières ;
Je vous attends, venez : déposez vos poussières ;
Je vis sur les tombeaux depuis plus de cent ans.
Mon visage est livide et ma main est terreuse,
Et j'ai le souvenir des fosses que je creuse,
Des morts qui sont ici je sais les logements.

Là, ce beau cavalier qui, traversant la vie,
Ressemblait à ces monts dont la cime hardie
Semble insulter la terre et menacer les cieux.
Mais un souffle léger renversa le colosse,
Cet homme s'abattit et roula dans la fosse,
Et je tiens sous mes pieds son front audacieux !

Là-bas, un peu plus loin, la jeune pastourelle
Que jadis au hameau l'on nommait la plus belle :
Elle avait quinze fois vu naître le printemps,
Elle avait tout l'éclat des roses du bocage.
Mais que sont pour la mort et la fraîcheur et l'âge ?
Ils tombent sous sa faux comme la fleur des champs.

Jeune homme, je veux bien répondre à ta demande :
Quand ton père mourut la tristesse fut grande,
On ne formula pas des hommages menteurs,
On poussa des sanglots, et je sais m'y connaître ;
Tout le monde pleurait, et moi-même peut-être,
Dans mes yeux toujours secs, je surpris quelques pleurs.

Un dernier son de cloche expirait dans la nue,
Et l'heure du départ enfin était venue :
On n'entendait plus rien, plus de chants, plus de bruit ;
Alors, à pas bien lents, la plaintive cohorte
Sortit du cimetière, et je fermai la porte ;
Il ne resta que moi, le silence et la nuit !

Ta mère souffrait tant qu'elle marchait à peine,
Et l'on me l'apporta dans la même semaine.
C'est là qu'elle repose auprès de son époux.
Et tous ceux qui suivaient le convoi de ton père,
Et notre vieux pasteur et son jeune vicaire,
Le sonneur et le chantre, ils y sont déjà tous.....

Qu'on soit donc attentif au signal que je donne.
Laissez-là vos projets, et venez, l'heure sonne ;
Repliez, repliez tous vos plans déroulés.....
Voyez : la fosse est prête, allons il faut vous rendre ;
Hâtez-vous donc, passez, ne faites plus attendre,
Votre tour est venu, vos jours sont écoulés.

Cette terre de deuil, c'est ma terre natale,
Et ma poitrine est faite à cet air que j'avale ;
Je ne crains pas l'odeur des cadavres humains,
Je m'assieds sur les bords de la tombe entr'ouverte,
J'ai la bouche remplie et la tête couverte
De la poudre des morts qui passe par mes mains.

Et lorsque dans la fosse il me plaît de descendre,
Je vois de l'os blanchi se détacher la cendre ;
Ma bêche quelquefois heurte des cloux rouillés
Et qui ne tenaient plus dans les planches humides ;
Et puis de temps en temps je vois des crânes vides
Où se logent les vers qui les ont dépouillés.

Dans mes rêves, la nuit, je vois passer des ombres
Qui vont se dessiner sur ces murailles sombres,
Des fantômes voilés qui marchent lentement.....
J'ai le cœur satisfait et l'oreille tendue
Quand chante le hibou dans la pierre moussue,
Et j'aime à lui donner mon applaudissement.

J'aime l'oiseau nocturne et ses plaintes sauvages,
Et ces saules en pleurs inclinant leurs feuillages,
Ce lierre étendu sur les murs isolés ;
J'aime la terre froide et la pâle verdure,
Ce silence pompeux, ce deuil de la nature,
Sublime échantillon des mondes écroulés !

S'il se pouvait qu'un soir, dans ces froides retraites,
Les cadavres dressés découvrissent leurs têtes !
Si, comme dans des sacs, pliés dans leurs linceuls,
Ils marchaient sur deux rangs, j'allumerais ma torche
Et je les conduirais sur le pavé du porche,
Ou j'irais à l'écart s'ils voulaient être seuls.

Je me figure aussi que, quelquefois moi-même,
Je me suis affublé du costume que j'aime ;
Que moi, vieux fossoyeur, quand tout le monde dort,
J'ai vêtu ce drap blanc que laisse la fortune,
Et vais me promener, pendant le clair de lune,
Portant dans chaque main une tête de mort.

Je ris quand je vous vois, frivole personnage,
Prodiguer au défunt des honneurs de passage,
Et dès qu'il est couvert vous hâter de sortir.
Mais je suis toujours là, moi, vieille sentinelle
Allez : pour un moment je vais serrer ma pelle.
Vous vous en retournez, mais c'est pour revenir.

Il revient en effet ; mais il n'a pour costume
Qu'un modeste linceul comme c'est la coutume ;
Tandis qu'il avait pris habit noir et gants blancs
Pour venir au convoi de son vieux camarade :
C'est toujours du cercueil la même promenade ;
Mais au lieu de le suivre il s'y couche dedans.

Je vois le temps qui suit sa marche régulière,
Mais je ne vois jamais qu'il retourne en arrière.
Quand, pour vous appeler, je prends mon porte-voix,
Entendez-le frémir dans les sombres demeures !
L'horloge des vivants peut répéter les heures,
Mais l'horloge des morts ne sonne qu'une fois !

Ainsi, vous viendrez tous, car la mort se dépêche.
Voyez : je vous attends, appuyé sur ma bêche ;
Je suis le gardien de ce champ du repos ;
Je vais faire vos lits et vous couvrir de terre :
Le temps passe sur moi dans ce lieu solitaire,
Et me laisse vieillir pour garder vos tombeaux.

Je suis votre geôlier, je garde cette enceinte,
J'ai comme un droit acquis dans cette terre sainte ;
C'est là que je suis né, c'est mon poste d'honneur !
Et quand viendra le jour de la trompette auguste,
Puisse-t-il avec vous, dans la gloire du juste,
Au sein de l'Éternel, s'asseoir le fossoyeur !

UN ENTERREMENT

ou

LA MORT D'UNE MÈRE.

—

Oh ! non, plus rien, pas même l'agonie !
Le râle cesse et le corps est glacé !
Ta mère meurt..... et son âme est partie !.....
Ta mère, hélas ! sur la terre a passé.....
Elle a passé, comme il faut que tu passes !
Nous passons tous, et l'on couvre nos traces ;
Et de ce monde il nous faut déguerpir :
Ce n'est pas là qu'était notre demeure.
Et tu sais bien que toujours marche l'heure,
Et qu'en naissant l'on commence à mourir.

Oh ! pauvre ami, quelle nuit douloureuse !
On va clouer les planches de sapin,

3

On entendra la voix de la plieuse,
Puis, au retour de l'aube du matin,
Le tintement de la cloche fidèle !
Ta pauvre mère..... on sonnera pour elle.....
Les cœurs pieux viendront la visiter.
Pour célébrer cette grande journée,
Elle y sera toute la matinée,
Et demain soir on viendra la chercher !

C'en est donc fait et tu n'as plus de mère !
Elle est ici pour la dernière fois.....
Je vois là-bas le cierge funéraire,
Tous les voisins, les porteurs et la croix ;
Et vers ces lieux s'achemine le prêtre,
Il a déjà dépassé la fenêtre :
La porte s'ouvre, entends-tu bien ces chants ?
Et ce bruit sourd qui déchire et qui tue......
C'est le cercueil que déjà l'on remue.....
On te l'enlève..... elle n'est plus dedans.....

Ta mère part, ta mère s'est soumise ;
Il fallait bien qu'elle obéît à Dieu !
Elle est déjà sur le seuil de l'église,
Elle va faire une halte au saint lieu.
On nous y porte en entrant dans la vie,
On y revient quand la course est finie :

C'est toujours là qu'il faut se reposer.
Quand vient la fin des plaisirs et des peines,
C'est là toujours que les grandeurs humaines
Tombent de haut et viennent se briser !

Lorsque parfois quelque grand vous visite,
Pour l'accueillir vous redoublez d'efforts ;
Venez donc voir, l'église vous invite,
Comme on reçoit la visite des morts :
Du temple saint, au jour des funérailles,
Le linceul noir tapisse les murailles ;
Les os en croix et les larmes de deuil,
Le chant plus lent, la voix plus sépulcrale,
L'écho plus sourd, la lumière plus pâle,
Tout se dispose à fêter un cercueil.

Le jour se voile et notre heure s'avance ;
Tout est fini, les honneurs sont rendus,
Et la chapelle a repris son silence ;
La lampe meurt et l'on ne chante plus,
Et de l'église on va fermer la porte.
Oh ! pauvre fils, c'est ta mère qu'on porte !
Il faut la suivre..... un peu plus loin..... là-bas.....
Là-bas, on fait la halte au cimetière ;
Mais cette halte elle est bien la dernière.....
Ta mère..... oh ! non..... ne s'en reviendra pas.....

Terre des morts, à peine si l'on ose
Marcher sur vous. Quels tableaux imposants !
C'est donc ici que le pâtre repose,
C'est aussi là que s'endorment les grands.
Sur de vieux murs des touffes de lierre,
Quelques cyprès et puis la croix de pierre,
Et puis la mousse et les bouquets de buis.
Oh ! vos palais que le temps va reprendre
Sont-ils plus beaux que ces palais de cendre
Où sont logés tant de mondes détruits ?

Marchons, la fosse est près de cette allée,
Et j'aperçois des ossements blanchis ;
Le fossoyeur jetant sa pelletée,
D'un crâne humain me fait voir les débris.
Ami, vois donc : ta mère est descendue ;
Elle te laisse, et les morts l'ont reçue.
Oh ! c'est bien là que les morts sont chez eux !
Oh ! ta douleur doit être bien amère !
Mais, pour le cœur qui la change en prière,
C'est quelquefois ce qui nourrit le mieux.

UN ORPHELIN.

C'en est donc fait, et la fosse couverte,
 Il n'est donc plus d'espoir !
Oh ! non, déjà sur la tombe déserte
  S'étend le voile noir
  Que la nuit chaque soir déplie !
 Du père la tâche est remplie ;
  Et le pauvre orphelin
Il est bien jeune, il me semble l'entendre !
Il se dira : tu ne veux pas m'attendre,
  Et je reste en chemin !

Oh ! tu t'en vas, lorsque de mon jeune âge
 Il fallait prendre soin !
Tu devrais donc m'envoyer du courage !
  Car j'en ai grand besoin.....
  Hélas ! que ta fuite est soudaine !
 Tu pars, lorsque j'arrive à peine.....
  Et je ne pourrai pas,
Quand je voudrai chercher sur cette terre
Les orients de mon itinéraire,
  M'appuyer sur ton bras !.....

Oh ! pauvre enfant, sur la tombe du père,
Tu répands bien des pleurs !
Ne sais-tu pas que c'est par la prière
Qu'on calme les douleurs ?
C'est là le remède efficace,
Dont il n'est rien, quoique l'on fasse,
Qui puisse tenir lieu.
Et tous ces pleurs qu'on verse en abondance
Ne valent pas, pour calmer la souffrance,
Une prière à Dieu.

Mais, jeune ami, poursuit donc ta carrière,
Dieu sera ton soutien,
Et puis le temps reprendra ta poussière ;
Car, enfant, saches bien,
Soit qu'il tarde, soit qu'il se presse,
Qu'il a su prendre ton adresse.
Aux esprits les plus sourds,
A haute voix, sans relâche, tout crie :
C'est un instant que la plus longue vie.
Après..... là-bas..... toujours !.....

La mort peut bien, de tes premières traces
Détournant ses regards,
Pour te saisir attendre que tu passes
Dans les rangs des vieillards ;

Comme elle peut aussi sans doute,

S'il lui plaît, raccourcir ta route.

Et livrée au courant,

Sans s'arrêter la barque fugitive

A pleine voile aborde cette rive

Où le père t'attend.

LE LIT DE MORT.

Sur le cercueil qui lui sert de tribune,

La vérité devient moins importune

Dans ce grand jour qu'elle a su vous garder,

Ce jour de mort qui pour vous est peut-être

Celui qui passe ou celui qui va naître :

On ne voit pas le temps rétrograder.

Écoutez bien, observez les visages,

Ils sont porteurs de sinistres présages :

Dans votre chambre on n'ose pas marcher,

Et l'on retient l'haleine qu'on expire.....

Et tout est là pour venir vous le dire

Ce grand secret qu'on ne sait plus cacher !

Votre œil se cave et tout va disparaître ;
Et dans ce monde, où vous passiez en maître,
Que reste-t-il de votre vain fracas ?
Ce bras si fort et ce front si superbe
Ce n'est plus rien, c'est moins que le brin d'herbe
Qui se dessèche et se perd sous vos pas.

Quand vous allez quitter votre poussière,
Si vous pouviez regarder en arrière,
Que verriez-vous ? un rêve qui s'enfuit !
Et votre vie et si belle et si forte,
Un souffle d'air la balaie et l'emporte.....
Et pour si peu, tant de soins et de bruit !

Tout votre orgueil avec vous on l'enterre,
Et votre éclat s'est brisé comme un verre :
Il n'est plus rien des tristes vanités !
Vous fûtes riche et sensible à l'hommage,
C'était l'enfant dans les jeux de son âge
Qui secouait des grelots argentés.....

Que diriez-vous si, du sein des abîmes,
Les malheureux qui partageaient vos crimes
Les reprochaient avec des grincements ?.....
S'ils venaient tous, d'un rire impitoyable,
Se réjouir, dans leur haine implacable,
De dévorer tous vos derniers moments ?

Mais la frayeur laisse paraître l'homme :
Vous frémissez ! il est là le fantôme !
Et pour escorte il est venu s'offrir ;
Il vous saisit, vous presse et vous enlace,
Sa main de plomb vous déchire et vous glace,
Et l'on dirait qu'il veut vous voir mourir !

Mais vous, plus purs, qui vécûtes tranquilles,
Vous n'avez pas des souvenirs fébriles ;
Et les heureux, parés de vos bienfaits,
Vont à leur tour vous prêter assistance,
Et faire entendre avec reconnaissance
Des chants de gloire et des hymnes de paix.

Toujours la tombe est là pour vous attendre ;
Si les vieillards sont forcés de s'y rendre,
Noubliez pas qu'à tout âge on s'y rend.
Mais Dieu vous voit, son flambeau vous éclaire,
Marchez vers lui, secouez cette terre,
Relevez-vous plus soumis et plus grand !

LES CENDRES.

Alors que le poète est assis sur la cendre,
    En face de l'éternité,
Vous pouvez être sûrs, vous qui venez l'entendre,
    Qu'il vous dira la vérité.
    Aujourd'hui, la cendre m'inspire :
    La vérité ! je vais la dire ;
Je vais la formuler dans un chant de ferveur,
    Afin que mieux, tout le long de l'année,
    Gardant mes vers sur votre cheminée,
Chacun dans vos maisons la retienne par cœur.

Venez donc tous à moi, mortels, que l'on m'écoute :
    Ma muse a des chants ténébreux.
Je vais du champ des morts vous indiquer la route ;
    Les tombeaux sont majestueux !
    Quand près de moi tout se déchire,
    Ne demandez pas à ma lyre
Les refrains de la joie et les tendres accents ?
    Ne mêlons point, dans ces lieux solitaires,
    Un chant frivole et des rimes légères
A ces hymnes d'adieu que disent les mourants !

Alors que je veux peindre avec des couleurs sombres,
　　　　Pourquoi fuir la joie et le bruit ?
Et qu'ai-je donc besoin des solitaires ombres ?
　　　　Mon solfège est un chant de nuit
　　　　Et le tintement d'une cloche ;
　　　　Les myrtes verts, quand j'en approche,
Pour moi vont se changer en des arbres de deuil.
　　　　Dans vos bosquets et dans vos jeux frivoles,
　　　　Je vois partout des cyprès et des saules,
Et je vois, sur vos toits, se dresser le cercueil.

Dans les brillants salons où le riche s'installe
　　　　Pour recevoir le visiteur,
Si j'allais, peu sensible au luxe qui s'étale,
　　　　Regarder, moi, pauvre penseur,
　　　　Derrière la tapisserie,
　　　　Tandis que la foule m'oublie,
J'apercevrais bientôt la poussière des murs,
　　　　Et je verrais des ciments se dissoudre,
　　　　Sans m'étonner que le temps vînt les moudre,
Lorsqu'il mout sans efforts les marbres les plus durs.

Si j'allais, fatigué de vos fêtes bruyantes,
　　　　Chercher le calme des déserts,
J'y verrais que l'oiseau dont les ailes mourantes
　　　　Ne peuvent plus fendre les airs,

Sur les glaçons tombe sans vie.

Là, je verrais l'herbe flétrie ;

Je verrais du lion qui garde la forêt

Les ossements se répandre en poussière :

C'est donc partout que l'on gorge la terre

Des cendres et des os dont elle se repaît !

Voulez-vous, remontant aux anciennes races,

Déplier les siècles roulés ?

Venez donc me montrer les hommes et leurs traces.

Perdus dans les temps écoulés,

Je sais qu'on nous dit leurs passages ;

Le burin grava bien des pages.

Ces héros d'autrefois, vous les connaissez tous :

Ils ont transmis leur audace·et leur gloire ;

De leurs grands noms ils ont doté l'histoire.

C'est bien : mais leur poussière, où donc la trouvez-vous ?

Et ce tableau si vrai, qui s'offre à ma pensée,

Je vais le retrouver partout.

Sous mes pieds, dans le sol, la cendre est déposée ;

Par-dessus, la cendre est debout :

Toujours la mort qui nous appelle

Et veut que l'on s'occupe d'elle.

Si pourtant quelquefois elle ramasse tard,

Ne croyez pas qu'elle vous abandonne :

Pour vous montrer le signal qu'elle donne,
Elle vient l'imprimer dans les traits du vieillard.

Venez donc voir enfin de la cendre mortelle
    Donner quelques échantillons,
Le jour où tous les ans l'église renouvelle
      Le sceau qu'elle met sur vos fronts ;
      Ce sceau qui fait pâlir l'impie
      Dont la vaine philosophie
N'a rien pour réfuter ce sublime argument.
    Il ne faut pas effacer cette empreinte,
    Et vous pouvez la faire voir sans crainte,
Car la cendre est pour vous le plus bel ornement.

UNE LEÇON

DANS LES BOCAGES.

Vous qui rêvez dans les bocages,
Voyez ces superbes feuillages,
Recevez d'eux une leçon :
Ils sont dans leur jeune saison ;

Pourtant une feuille jaunie
Tombe calcinée et flétrie.

Qui le saura dans ces forêts ?
A travers ces rameaux épais
Voit-on le vide qu'elle laisse ?
D'autres tombent presque sans cesse ;
Les oiseaux, en train de chanter,
N'ont pas le temps de les compter.

Mais les bois perdent leur couronne,
Déjà les débris de l'automne
Sont la pâture des hivers :
Les sentiers en sont tout couverts,
Et les herbes se sont cachées
Parmi les feuilles desséchées
Qui sous vos pas vont se broyer,
Et que les eaux vont délayer.

Et, sur les branches hérissées,
On voit des feuilles dispersées
Que l'hiver voulait retenir,
Mais que la terre veut couvrir.

Une autre feuille aventureuse,
Comme une folle voyageuse,
Dans l'air essaie un léger vol,
Tourbillonne et rase le sol,
Et puis vacille, et puis s'égare
Dans l'ouragan qui s'en empare

Et qui s'apprête à balayer
Ce que le froid peut oublier.

Et l'arbre seul offre à la vue
Sa peau grise et sa tête nue :
C'est comme un cadavre debout,
Et la tempête brise tout.

C'est pour nous le même ravage :
Si long que soit notre passage,
Il faut rejoindre nos aïeux.
Et que fait d'être jeune ou vieux,
Puisqu'aux premiers jours de l'enfance
C'est la vieillesse qui commence,
Que nos deux pieds touchent d'abord
L'un la vie et l'autre la mort ?

Ainsi, dans la nature entière,
Je vois tout rendre sa poussière ;
Partout la mort frapper ses coups,
Tout se dissoudre comme nous.
Et cette feuille me rappelle
Que nous allons tomber comme elle,
Et comme elle être recouverts,
Et puis abandonnés aux vers.....

Mais notre âme se sent trop fière
Pour se couvrir ainsi de terre :
Elle s'élève vers les cieux,
Et c'est alors qu'elle sait mieux

Que l'éternité la demande ;
Cette âme, si riche et si grande,
Et qui toujours veut se grandir,
Est trop vivante pour mourir.

OBJECTIONS POSSIBLES.

—

Il se peut bien que l'on viendra me dire :
Rendez plus gais les sons de votre lyre,
Si vous voulez qu'on les vienne écouter ;
Tâchez aussi de les moins répéter.
Comme ornement d'un siècle littéraire,
La poésie autrefois pouvait plaire ;
Mais aujourd'hui ce n'est plus dans nos mœurs
Qu'un vieux soleil aux blafardes lueurs.
On ne veut pas de vos rimes gothiques,
On est lassé de tous ces chants lyriques
Qui si long-temps bercèrent nos aïeux,
Et dont il faut préserver nos neveux :
Et puis enfin à la longue tout s'use ;
Il faut laisser sommeiller votre muse :

Elle est tardive et n'est plus de nos jours.

Toujours la vie et son rapide cours,

Toujours la mort et ses tristes ravages,

Le ciel d'azur et les riants bocages,

L'onde paisible et les flots mugissants......

Mais tout cela, c'est vieux comme le temps !

Et si de fleurs le printemps se couronne,

Et si les fruits mûrissent en automne,

Ce sont des faits qu'on ne peut oublier.

Vous avez tort de noircir du papier

Pour rappeler ces images banales,

Toujours vos chants aux notes sépulcrales.....

Et ce cercueil qui voyage avec vous.....

La mort se hâte et nous moissonne tous !

On le sait bien ; mais faut-il donc l'écrire

Sur tous les tons et cent fois le redire ?

Si vous cherchez à plaire à vos lecteurs,

Gardez pour vous les regrets et les pleurs.

Puisqu'on le veut, eh bien ! il faut se rendre :

Ces chants de mort, je vais donc les suspendre ;

Ne foulons plus la cendre des tombeaux,

Et dessinons de plus riants tableaux.

Mais arrêtez cette cloche qui sonne,

Et cachez-moi ce mourant qui frissonne,

Ce crêpe noir que vous portez au bras.....

Et ce convoi qui marche sur mes pas.....

4.

Ah ! tout ce deuil et cette fosse ouverte.....
Ma mère morte..... et ma maison déserte.....
Et tant d'amis que je n'ai pas revus !
Ce ne sont pas des souvenirs perdus !
Et dans mes vers ils doivent trouver place.

Mais n'allons plus nous perdre dans l'espace,
Laissons en paix les mondes éternels,
Allons un peu rire avec les mortels.
Oh ! non, déjà mon âme s'est émue !
Et ma pensée embrasse l'étendue,
Et ne veut pas se laisser retenir.

Si de mes vers vous voulez les bannir,
De ce beau ciel détachez les étoiles,
De la nuit sombre écartez donc les voiles ;
Si vous pouvez, faites qu'à son réveil
Le jour naissant ne soit pas si vermeil,
Car tout cela dans l'âme se reflète,
Et j'ai pris goût aux sujets que je traite,
Et mon esprit a su vivre avec eux.

Si cependant des poètes joyeux
De quelques fleurs d'une autre poésie,
Veulent parfois de cette courte vie
En se jouant parsemer les chemins,
Qu'ils soient toujours chastes dans leurs refrains.
Avant de plaire à l'oreille exigeante,
Consultez l'âme, elle est la plus savante ;

Elle a des vers que l'esprit peut gâter
Lorsqu'il n'a pas l'art de les imiter.

    La poésie adoucit et console ;
Elle a donné du charme à la parole,
Au cœur malade elle sert de soutien.
Vous qui croyez qu'elle n'est bonne à rien,
Vous, oublieux de ces âges tranquilles
Où l'on disait les touchantes idyles,
Dont la musette accompagnait les chants,
Si vous voulez des sons plus éclatants,
Vous allez voir qu'on peut vous satisfaire :

    Laisse un moment le pâtre et la fougère,
Et le ciel d'or que donnent les étés,
O poésie ! et viens dans nos cités,
Où l'on rirait si, pour chanter le hêtre,
Tu te parais de ta robe champêtre ;
Mais tu sauras changer de vêtements
Et retrouver les sons retentissants.
Si tu brillas dans les fêtes rustiques
Où les chansons des bergers pacifiques
Se redisaient aux sons des chalumeaux,
Tu sus aussi célébrer les héros
Et saluer les antiques bannières
Des nations qui marchaient les premières.
De tous les arts et l'amie et la sœur,
De nos cités viens dire la splendeur.

Si là n'est pas le charme du silence,
C'est là toujours que loge la science ;
C'est là qu'on peut la suivre de plus près,
Et quelquefois surprendre ses secrets.
Ce mouvement, c'est le monde qui marche :
Avances donc, la ville est comme une arche
Où les humains s'entassent jusqu'aux toits.
Sur nos pavés tout circule à la fois :
On voit passer les docteurs, les légistes,
L'homme de mer, la foule des artistes,
Le voyageur venu des bords lointains,
Et du savoir les géants et les nains.

Oh ! chante donc, et, de ta voix hardie,
Viens célébrer les œuvres du génie,
Sans t'émouvoir du sourire moqueur
De l'ignorant ou du mauvais railleur.

Ce beau soleil, ce soleil des poètes,
Qui tant de fois a plané sur nos têtes,
Brille toujours assez pour éblouir
Ceux qui voudraient le forcer à pâlir.

La poésie est si pure et si douce,
Que c'est en vain que le cœur la repousse ;
Elle vaincra les esprits les plus froids.
Soumettons-nous à ses aimables lois :
Ne fuyez pas quand elle vous convie.
J'aime à plonger dans ses flots d'harmonie !

Écoutez-la : ses suaves accents
Versent le miel dans les cœurs languissants.
Pour l'adapter à nos formes nouvelles,
Gardons-nous bien de lui couper les ailes !
Laissons-les lui pour qu'elle aille à son gré,
Et que son vol ne soit pas mesuré,
Quand vers le ciel cette heureuse émissaire
Porte l'élan de l'âme solitaire,
Et qu'elle va dans les plaines d'azur
Se nuancer d'un coloris plus pur.

Venez gravir la montagne sacrée ;
Du feu divin votre muse inspirée
S'y nourrira de chants harmonieux :
On est poète en s'approchant des cieux !

LA PRIÈRE.

—

Vous qui jadis, doctes anachorètes,
Nous répétiez les hymnes de la foi,
Des cœurs pieux, sublimes interprètes,
Daignez jeter quelques regards sur moi.
Que j'aimerais à pouvoir vous redire,
A vous devoir tous les sons de ma lyre,

Ils sont à vous les plus beaux de mes chants.

Pénétrez-moi de cette flamme ardente

Qui s'allumait dans votre âme fervente

Pour défier les ravages du temps !

Sur les rochers, dans les forêts arides,

Heureux martyrs qui gardiez les déserts,

Quand vous couchiez sur les sables humides

Ou que vos cœurs grandissaient dans les fers,

En attendant votre mort héroïque,

Vous annonciez, d'une voix angélique,

La loi divine aux peuples insoumis,

Et vous jetiez de ces traits de lumières

Qui des vieux temps nous montraient les poussières,

Et découvraient les mondes infinis.

C'est la prière aujourd'hui qui m'inspire,

Et ce sujet doit vous plaire, lecteur ;

Non seulement il est bien de me lire,

Mais avec moi venez chanter en chœur.

On aime à voir la lyre des poètes

Accompagner la harpe des prophètes,

Lui demander les sons mélodieux

Qu'on associe aux cantiques des anges,

Et moduler tous ces chants de louanges

Dont retentit la voûte des saints lieux.

Lorsqu'au matin la nature s'apprête
A saluer des miracles nouveaux,
Que le soleil jusqu'à votre retraite
Porte un rayon de ses joyeux flambeaux,
Dieu veut vous joindre au jour qui recommence,
Il veut encore oublier votre offense,
Lui qui pourrait, pour punir tous vos torts,
En vous laissant dans votre léthargie,
De votre lit, ce tombeau de la vie,
Vous transférer dans la tombe des morts.

Je vais parler d'une sainte pratique
Qu'avec rigueur observaient nos aïeux.
Pourquoi rougir de cet usage antique ?
Pourquoi vouloir nous séparer des cieux ?
L'heure est sonnée et l'on dresse la table;
Et, découvrant sa tête vénérable,
Un bon vieillard prie avant le repas,
Et puis après, c'est Dieu qu'il remercie
A haute voix, en face de l'impie
Qui veut sourire et qui ne l'ose pas.

Si vous faisiez cette course champêtre
Où vous invite un beau jour de printemps,
Ce cœur de fer s'amollirait peut-être.....
Errez un peu dans le vague des champs.....

Voyez de près le ciel et la verdure ;
Voyez aussi qu'au sein de la nature
Le laboureur, suspendant ses travaux,
Fait devant vous sa prière d'usage,
Lorsqu'il entend la cloche du village
Vibrer dans l'air le signal du repos.

Elle a pris fin la soirée inutile
Où vous portiez l'ennui qui vous poursuit :
Vous voilà donc rentré dans votre asile
Pour y chercher le repos de la nuit.
Homme bruyant, votre journée est close,
Et, sans retour, sur vos ans se repose !
Si vous comptez sur votre lendemain,
N'y comptez point avec trop d'assurance,
Et n'allez pas, trompé par l'espérance,
Pour la prière attendre le matin.

Si devant vous l'incrédule superbe
Comme un géant a voulu se grandir,
La tête haute et la parole acerbe,
Devant l'autel, s'il ne veut pas fléchir,
Dites-lui donc à cet homme terrible,
Oh ! dites-lui qu'on le voit bien flexible
Quand il s'incline à la porte des grands.
Tout prie alors, le geste et la parole :

On l'humilie, et puis on le console
Par ce regard qu'on jette aux courtisants.

Jeunes amis, le bon Dieu vous regarde,
Levez vos mains, essayez de prier :
Vous avez tous un ange qui vous garde ;
Prenez bien soin de ne pas l'oublier.
Pour louer Dieu que votre bouche s'ouvre ;
Et voyez donc ce beau ciel qui vous couvre.
Comme ils sont beaux tous ces astres brillants !
C'est là qu'on est à l'abri des orages !
C'est là toujours, quand ils meurent bien sages,
Que l'on reçoit tous les petits enfants.

O jeune fille ! amenez vos compagnes ;
Oui la prière aime les voiles blancs.
Et puis des fleurs que donnent les campagnes,
Et qui pour vous reviennent tous les ans,
Faites offrande à vos saintes patronnes,
Et priez-les de tresser vos couronnes
Pour que vos fronts un jour en soient parés.
Et vers le ciel levez vos yeux modestes ;
Dites vos chants, et les vierges célestes
Vous enverront des cantiques sacrés.

Quand vient des morts la fête solennelle,
Pour annoncer ce grand jour sépulcral,

La cloche sonne et long-temps vous appelle,
En répétant son lugubre signal.....
Vous suspendez tous les plaisirs du monde ;
Le front s'abaisse et la prière abonde ;
Partout les pleurs, les chants religieux,
Et le public se rend au cimetière ;
L'église en deuil y porte sa bannière,
Et ce jour-là tous les cœurs sont pieux !

Lorsque la mort chez vous frappe et moissonne,
Que la famille est couverte de deuil,
Que tout gémit et que le glas raisonne,
Et que le prêtre accompagne un cercueil,
Que vous perdez une mère chérie,
Oh ! comme alors vous voulez que l'on prie !
Dans ce moment tout l'orgueil est soumis :
On est lassé de ce monde frivole,
Il ne veut plus, le cœur qui se désole,
Que la prière et les pleurs des amis.....

Souvenez-vous aussi que la prière
Doit ramener la paix dans vos maisons,
Et que l'enfant, quand il vient de la faire,
Est plus docile à suivre vos leçons.
Si je demande au père de famille
Quel est le jour où son fils et sa fille

Ont mieux compris et son cœur et sa voix,
Ce jour qui laisse une si vive empreinte,
C'est, dira-t-il, lorsqu'à la table sainte
Ils s'asseyaient pour la première fois.

Près des lieux saints, aux jours de grandes fêtes,
Quand vous venez, fatigués de loisirs,
Former le groupe où peut-être s'arrête
Quelque vieillard qui n'a pas su vieillir ;
Si l'un de vous, reprenant son courage,
Et se jouant de votre persiflage,
Va rendre à Dieu l'hommage du chrétien,
Avec dédain les rieurs applaudissent ;
Mais soyez sûrs que tout bas ils gémissent
D'avoir un cœur plus faible que le sien.

Ma voix a pris une force nouvelle,
Qu'elle aille donc, je la laisse monter ;
Lorsque je dis que l'âme est immortelle,
Je parle haut, et l'on doit m'écouter.
Oh ! oui, mon Dieu, je veux qu'on vous révère !
Si grands qu'ils soient les héros de la terre,
Ils sont plus grands quand ils sont à genoux ;
Et ces lauriers que moissonne l'histoire
Sont bien plus purs quand, du haut de sa gloire,
Un front superbe a fléchi devant vous !

On est pieux dans les jours de naufrage,
Et le péril vous rend soumis et fort,
Et c'est à Dieu que vous rendez hommage,
Vous le priez de vous conduire au port.
Vous faites bien : mais, après la tourmente,
Il faut avoir l'âme reconnaissante.
A la prière, accoutumez vos cœurs ;
Elle est pour vous comme cette rosée
Qui, dans vos champs, sur la plante épuisée,
A ramené la verdure et les fleurs !

SOYONS PACIFIQUES.

—

La vie échappe à peine commencée !
Il ne faut pas, imprudents voyageurs,
Vous disputer durant la traversée :
Songez plutôt que, mandant ses faucheurs
Pour ramasser vos heures fugitives,
Le temps vous pousse aux éternelles rives...
Quand sur la terre, où fut votre prison,
Vous chercheriez vainement un refuge,
De l'amitié, s'il est quelque transfuge,
Je veux qu'il aille implorer son pardon.

Pourquoi brandir les torches de la guerre ?
Pourquoi toujours le glaive dans vos mains ?
Hélas ! c'est-il pour ces lambeaux de terre
Qu'on jettera sur vos restes humains ?
Ce triste monde a bien assez d'alarmes !
Laissez ces jeux·qui coûtent tant de larmes !
O pélerins qui campez sous le ciel,
Et vous, enfants, endormis sur la plage,
Vous tous mortels qui faites le voyage,
Brisez la coupe où s'amasse le fiel !

Faut-il toujours, dans le sang qui ruisselle,
Aller tremper vos nobles étendards ?
Que le coursier dont la bouche étincelle
Foule à ses pieds les cadavres épars ?
Et faut-il donc que la trompette sonne,
Le tambour batte et que le bronze tonne ?
Que, répandue en nuages sanglants,
La poudre vole à travers les mitrailles
Pour composer un champ de funérailles
De mutilés, de morts et de mourants ?

Mais si la gloire ardente et furieuse
Fut trop souvent le signal des combats,
Elle est parfois modeste et gracieuse,
Et son char roule avec moins de fracas ;

Elle n'a fait que changer de parure
Alors qu'elle a déposé cette armure
Que le pays l'invitait à quitter ;
Elle est toujours le prix des âmes fières !
Les jours de paix ont aussi leurs bannières
Et des héros qui savent les porter.

Venez, Français, la France vous convie
A vous ranger sous les mêmes drapeaux :
Oui, tout pour elle et pour toute la vie !
Ce cri vaillant fut le cri des héros !
De l'univers que les haines s'effacent ;
Au chant des preux que vos mains s'entrelacent :
Puissent vos cœurs comme elles être unis !
Qu'on puisse voir au pied de vos murailles
Se reposer le canon des batailles
Pour ne donner que des signaux amis !

Peuples lointains, vous dont le sang bouillonne
Sous les ardeurs de nos brûlants climats,
Vous, près des monts que la neige couronne,
Qui supportez la rigueur des frimats,
Unissez-vous, et que l'amitié lie
Le sol natal à la grande patrie ;
Décorez-vous des branches d'oliviers
Que le commerce a laissé sur sa trace ;

Que dans vos mains cet olivier remplace
Les brins rougis de vos sanglants lauriers !

Le temps suffit à nous creuser des fosses !
Pauvres humains, pourquoi vous déchirer ?
Il faut, après vos batailles féroces,
Voiler sa face et trop long-temps pleurer.....
Dans le progrès tel que je sais l'entendre
C'est reculer que d'occire et pourfendre.
N'allez donc plus piler des ossements,
Car vous n'auriez qu'une fortune amère
Pour l'obtenir, si vous vouliez vous faire
Un marche-pied des cadavres fumants.

A ce village où passa notre enfance,
Aux lieux voisins que l'on a fréquentés,
Le souvenir donne la préférence.
Et cependant nos hameaux, nos cités,
Et même plus, la nation entière,
Tout le pays jusques à la frontière,
C'est le grand arbre étendant ses rameaux ;
C'est la patrie et plus grande et plus forte ;
Mais au-delà notre cœur se transporte,
Il bat encor pour des amis nouveaux !

Mais si jadis les enfants de la gloire
Qui s'écriaient : Le pays avant tout !

Nous ont quitté pour passer dans l'histoire,
Ainsi qu'alors les braves sont debout !
Et nous pouvons compter sur leur vaillance.
Puis avec moi vous vous direz je pense :
C'est un beau nom que ce nom de Français !
Il fait image, il plaît, il est sonore !
Rendons-le donc plus magnifique encore
En le donnant comme un signal de paix !

LA BIENFAISANCE.

Si la fortune a, dans ses jeux volages,
Conduit au port de joyeux passagers,
Souvent aussi, sur les mourantes plages,
Elle jeta d'illustres naufragés.....
Un long orage a passé sur leurs têtes.....
Ces voyageurs, brisés par les tempêtes,
Vont se cacher pour pleurer et souffrir.....
S'ils se mêlaient à vos fêtes brillantes,
On croirait voir, parmi des fleurs naissantes,
La fleur d'hiver qui s'apprête à mourir.....

Écoutez bien, c'est la voix gémissante
Du malheureux qui confie à la nuit

Ce cri plaintif qu'une foule bruyante
Aurait couvert de sarcasme et de bruit.
L'homme oublié n'eût pu se faire entendre !
Ah ! de bien haut vous l'avez vu descendre,
Et comme vous il eut des jours sereins.
Tous ces flatteurs qui caressaient l'idole
Viendront-ils donc pour jeter leur obole,
Vont-ils venir pour calmer ses chagrins ?

L'infortuné, que le monde abandonne,
Vous voit de loin et n'ose s'approcher.....
Courez vers lui, puisque votre âme est bonne,
Et s'il se cache, il faut l'aller chercher.
Pour consoler cet homme qu'on oublie,
Que l'amitié dans vos bras le convie :
Hâtez le pas, s'il vient trop lentement ;
Pressez ses mains dans vos mains généreuses.....
Je vous prédis des larmes plus heureuses,
Pour votre cœur un plus doux battement !

Ce malheureux que la fortune outrage,
Qu'il soit issu des grands ou des petits,
S'il est souffrant, qu'importe son lignage ?
La voix du cœur est de tous les pays,
Des traits humains sont des cartes civiques,
Et disent mieux que de vaines suppliques

5

Que l'indigent qui pleure devant vous
Est un enfant de la grande famille !
La charité ! c'est cet astre qui brille,
Qui tout féconde et se lève pour tous !

Et si peut-être une aumône légère
Soulage peu celui qui la reçoit,
Elle enrichit celui qui sait la faire :
C'est un tribut que tout le monde doit.
Un doux regard, une larme, un sourire,
La goutte d'eau, si le ciel vous inspire.....
Sont des trésors qu'un pauvre peut donner.
Oh ! seulement que votre âme s'émeuve !
Mettez au tronc le denier de la veuve,
Et puissiez-vous comme elle moissonner !

Il faut qu'aussi l'âme se purifie,
Pour que l'aumône, en tombant de vos mains,
Se compte un jour pour une œuvre de vie.
La bienfaisance a des dogmes divins
Dans cette loi qui vous fut révélée,
Et que le Christ de son sang a scellée.
Enfants du ciel répandez votre don,
Et vous pécheurs que votre aumône fasse
Verser sur vous les torrents de la grâce :
La charité, c'est la sœur du pardon !

LES COULEURS.

L'enfant cherche les fleurs qui parent les bocages,
Comme dans votre livre il cherche les images ;
Et pour un léger brin du bouquet désiré,
Ou pour quelques débris d'un papier coloré,
Il ferait bon marché du manoir de famille.
Et toutes ces couleurs dont la nature brille,
Ces océans d'azur et de carmin et d'or,
Quand nous sommes plus grands nous les aimons encor.
  Venez, de l'arc-en-ciel l'écharpe se déplie :
Peut-être la nature, artistes, vous dédie
Dans cet échantillon un type de couleurs,
Afin de provoquer vos modestes labeurs ;
Lorsqu'elle cependant qui s'offre pour modèle,
Elle dont la peinture est si riche et si belle,
Ne fut jamais qu'élève, et ne fit ses tableaux
Que lorsqu'un plus grand maître eut conduit les pinceaux.
Venez donc, je demande un regard de poète,
Et je veux que le peintre apporte sa palette ;
La nature en tout temps vous ouvre ses salons,
Elle a des coloris pour toutes les saisons.

Il fallait aux hivers des nuances plus sombres,
Et c'est aussi pour eux que naquirent les ombres
Et des couleurs à part ; c'est le vert qui pâlit
Et va se séparer de l'herbe qui flétrit ;
C'est un jaune de mort sur la feuille isolée
Que l'on voit sur quelqu'arbre à la tête pelée.
Et vous voyez pourtant qu'avec un ciel ombreux,
Une teinte grisâtre et des cailloux terreux,
Quelques bois restés verts, du vent et de la brume,
On peut faire aux hivers un fort riche costume.

Cependant la tempête a suspendu son bruit ;
Le nord a secoué les voiles de la nuit,
Il a de l'horizon écarté les nuages ;
La pluie et l'ouragan ont cessé leurs ravages,
Et vous pouvez enfin quitter le coin du feu
Et voir l'étoile d'or briller sur un ciel bleu.

Simple dans ses atours, la violette éclose
Semble s'épouvanter du retour de la rose ;
La tulipe attendra, pour étaler ses fleurs,
Qu'aux jardins reverdis viennent les promeneurs ;
La jonquille est sous terre, on attend qu'elle naisse,
On la cherche des yeux avant qu'elle paraisse ;
Enfin elle se montre, et le printemps nouveau
Ne cache plus sa face et lève le rideau.
De leurs nappes de fleurs les terres sont couvertes,
Les bois se sont parés de leurs couronnes vertes,

La saison a repris son plus pur incarnat
Et rempli les beaux jours de jeunesse et d'éclat,
Et l'on est ébloui de ces riches peintures,
De ces hardis dessins, de ces touches si pures !
   Partout le coloris se trouve répandu :
Aux surfaces des cieux c'est le bleu suspendu
Comme un voile d'azur étendu sur l'espace ;
Sur la terre des champs le vert se jette en masse,
La plaine et les coteaux en sont tous saturés :
Quand plus jeune et plus tendre il recouvre les prés,
On dirait une soie à grands frais préparée,
Où l'on aurait brodé la paillette dorée ;
Il est comme le fond de ce grand appareil.
La plante a revêtu ce costume vermeil,
Le printemps l'a prescrit comme habit d'ordonnance,
Le reste suit de près, le cortège s'avance :
Les bosquets sont remplis des parfums délicats
Que répandent dans l'air les précoces lilas.
Le modeste jasmin, désireux de vous plaire,
Va venir décorer la grotte solitaire,
Et pour vous obéir peut-être s'essayer
A grimper sur les murs où l'on va le clouer.
Et ce peintre qui vient à la saison nouvelle
Jaunir le tournesol et dorer l'immortelle,
A blondi vos épis, et, dans vos champs de blés,
De sa main invisible, a semé les bluets.

On porta le pinceau jusques dans les fougères,
Et l'on a marqueté les sauvages bruyères
En jetant dans leur sein les agrestes genêts ;
Près d'elles on groupa les humbles serpolets.

   Mais, hélas ! le printemps est un enfant volage !
Il semble se hâter de marquer son passage :
Les étés dévorants viennent tout dépouiller,
Et ces champs mis à nu vont-ils se rhabiller ?
La plante a fait son temps, la fleur se décolore ;
Mais l'automne revient, et l'on va peindre encore.

   Le raisin qui se gonfle et succède au verjus
Demande à s'enrichir d'un coloris de plus.
Il faut que le pinceau tienne la couleur fraîche
Pour satiner la pomme et velouter la pêche ;
Et si couvert de pampre, et le verre à la main,
L'automne nous arrive avec un peu d'entrain,
Il n'a pas oublié sa vieille courtoisie,
Et de fleurs en retard sa cour est embellie.

   Chaque règne a reçu sa part de coloris,
Et l'on a brillanté la nacre et le rubis.
On fit pour le ramier des plumes chatoyantes,
Et pour le papillon des ailes scintillantes ;
Et quand on répandit les teintes et l'émail,
Tout y vint prendre part, jusqu'aux brins de corail.
La main qui dessina chaque feuille de l'arbre
Voulut tout nuancer jusqu'aux veines du marbre ;

Et tout se colora dans ce vaste univers,
Et les cieux et la terre, et la flamme et les airs.

De même que la vie a son côté néfaste,
Par l'effet ménagé d'un habile contraste,
L'absence des couleurs se traduit par le noir.
Et je pense que l'homme eut raison de vouloir,
Alors qu'il choisissait ses vêtements funèbres,
Que le noir fût pour lui l'emblème des ténèbres.

Dans toutes ces couleurs à l'éclat merveilleux,
La science verra des rayons lumineux ;
Et sa réponse est prête, et mon esprit l'accueille :
Ce n'est qu'un rayon vert que réfléchit la feuille,
Et les autres en vain je les ai demandés,
La feuille s'en empare et les a tous gardés.
C'est bien : mais quant à moi, le mystère m'accable ;
Partout de l'infini le voile impénétrable !
Dans ce monde invisible, où mon âme se plaît,
Mon esprit ne peut rien, il admire et se tait !

LA NEIGE.

—

Mais tout a pris une étrange figure !
Et qu'est-ce donc que ce déguisement ?
Quel grand travail a donc fait la nature
Dans une nuit, comme un enchantement ?
Ainsi disait sa pensée ingénue
Un pauvre enfant dont l'âme était émue.

  Et cet enfant, plein de candeur,
  Avait l'esprit observateur ;
  Il s'exprimait avec franchise,
  Et s'écriait dans sa surprise :
  Non, là-bas, dans ces pays chauds,
  Où j'habitais dans mon enfance,
  Avant de partir pour la France,
Je n'avais jamais vu ces superbes tableaux.

  Dans la forêt, c'est comme un jour de fête,
  Et de chaque arbre on a poudré la tête !
  Les bouquets blancs se sont entrelacés.
    Ces rameaux qui se dressent,
    A mes yeux apparaissent
Comme des cheveux blancs qui se sont hérissés.

Ou bien me font l'effet de guirlandes mêlées,

    Dans le plâtre moulées.

    Et tout a pris sa part

    Du costume sublime :

    Et la branche et la cime,

Et le vieux tronc qui se sèche à l'écart ;

Et l'on croit voir, quand l'arbuste se panche,

Se détacher de sa couronne blanche

Des brins de fleurs qui nagent dans les airs.....

Il n'est donc plus de pâturages verts !

Un lait de chaux nous cache la prairie.

    Renfermés dans la bergerie,

    Ils mourront donc tous ces agneaux

    Qui bondissaient sur ces coteaux !

Cette tenture blanche est pourtant déchirée,

Puisque je vois là-bas qu'une herbe s'est montrée :

    Mais l'on rajuste les tissus,

    Et cette herbe ne paraît plus. -

L'oiseau des bois à ces champs de bruyère

Demande en vain quelques grains de poussière ;

Il a perdu la pâture et le vol,

Il meurt de froid et tombe sur le sol.

    Ici, du haut de la colline,

Nous dominons la ville et le hameau ;

Mais à nos pieds quel tableau se dessine !

    Partout ce costume nouveau,

    Et partout la même parure.

Les monuments de cette architecture

    De manteaux blancs se sont vêtus ;

Des flots de lait qui semblent suspendus

Blanchissent tout, la ville et les campagnes.

Pour décorer la crête des montagnes

On n'a pas du soleil attendu le lever,

Parce que ce labeur est un labeur de maître,

    Et que l'on présumait peut-être

Que le soleil aurait pu l'entraver.

Sur la chaumière où s'abrite le pâtre

On a jeté plusieurs couches d'albâtre.

Ici, partout..... et puis là-bas....,. bien loin.....

On a blanchi le plus petit recoin

Mais, dites-moi : Sur la rive étrangère

    Sait-on ce grand événement ?

    Qu'il causerait d'étonnement

    Au pays de mon père !

A mon retour dans mes ardents climats,

Quand je voudrai le dire, on ne me croira pas.

On a foulé ces nappes si vermeilles,

Nul ne paraît surpris de ces merveilles ;

On dirait que ces villageois
Ont vu cela plus d'une fois.

Le voyageur, du feu de son haleine,
Se réchauffe les mains ;
Le campagnard s'est frayé des chemins.
Cette substance abonde dans la plaine,
On en a fait des tas éblouissants :
L'enfant la délaie et la roule,
Chacun en pétrit une boule
Pour obtenir le salut des passants.

Mais vers le soir tout devenait plus sombre,
Tout se taisait ; et, dans des masses d'ombre,
L'azur des cieux semblait s'être troublé.....
Tout pâlissait dans le monde étoilé.....
Ce grand repos était triste et sauvage.....
La lune aussi cachait sous le nuage
Tous les rayons de son disque argenté ;
On ressentait une humide froidure,
Et puis toujours cette grande tenture
Qui conservait son étrange beauté !

Au jour naissant un autre phénomène :
Ces blancs tapis que nous avions ôtés,
Sur le perron on les a rapportés.

Certes, il valait bien la peine

De déblayer la basse-çour

Et tous les sentiers d'alentour !

Encore un travailleur qui vient avec sa pelle :

De quoi se mêle-t-il ? il va perdre son temps ;

Car, enfin, il est là-dedans

Une cause surnaturelle.

Aucun flambeau ne brille à l'horizon :

On n'entend rien, tout dort dans le vallon ;

Moi seul je me promène.

Et puis l'on voit des pelotons de laine

Qui tombent, et me font l'effet

D'une couche de plume

Jetée au travers de la brume,

Et dont le vent agite le duvet.

Cette plume étonnante,

Qui dans l'air est flottante,

Et qui tombe sans bruit,

Tomba toute la nuit.

Le lendemain tout est blanc et solide :

Le campagnard peu matinal

Marche d'un pas timide,

Et l'eau s'est changée en cristal.

Cependant le soleil s'est levé dans l'espace ;

Il a déjà fondu la glace ;

Tout se dévoile et la terre renaît ;
Et ce n'est plus que de l'eau qui ruisselle.
Des tapis blancs on voit quelque parcelle.....
Puis, moins encore..... et puis tout disparaît.....

C'est donc fini : le miracle s'achève !
Et l'on dirait le souvenir d'un rêve.
Je me fis renseigner par un vieux laboureur
Que ma naïveté mettait en belle humeur ;
Et pour moi la leçon est bonne :
Cette substance on la revoit souvent ;
La neige est le nom qu'on lui donne.
Pour garantir le sol, c'est comme un paravent.
Pour ses terres fertiles,
De ces neiges utiles,
L'homme des champs demande le retour ;
Et je m'en souviendrai moi-même plus d'un jour !

Voyez qu'à cet enfant j'ai prêté le langage
Que, malgré le savoir et l'âge,
Nous aussi nous pourrions tenir,
Si cette neige que je chante,
Dans ses tableaux si surprenante,
Pour la première fois venait nous éblouir.

LES SIÈCLES

LÈGUENT AUX SIÈCLES.

Des temps futurs, nous sommes tributaires ;
Et le passé, si riche de lumières,
De son éclat nous lègue un souvenir
Que le présent transmet à l'avenir.
Ainsi donc tout se succède et se lie ;
Ainsi la mort s'enlace dans la vie :
Les blonds étés comme les noirs hivers,
Les jours de miel comme les jours amers.
Tout, sous le temps, ou s'efface ou s'écoule,
Et forme ainsi la machine qui roule,
Et parfois jette, en frayant les chemins,
Ronces et fleurs sur les pas des humains !
Dans cette chaîne, où le temps nous engage,
Tout s'harmonise, et chaque nouvel âge
Est un anneau qui s'y mêle en passant,
L'instant qui fuit s'y cramponne en naissant.
Mais, direz-vous, quand je passe si vite,
Lorsqu'après moi la mort se précipite,

Et que mon pied se perd dans les tombeaux,
Pourquoi vouloir des triomphes nouveaux ?
Irai-je donc, le gravant dans l'histoire,
Pour qu'après moi l'on garde ma mémoire,
Jeter mon nom au-delà de mes jours,
Quand je ne sais s'ils ne sont pas trop courts
Pour que demain je puisse voir encore,
Des jeunes fleurs qui se hâtent d'éclore,
S'épanouir les précoces boutons ?
Si je plantais l'arbrisseau des vallons,
Pourrais-je donc attendre son ombrage ?

Je n'admets pas cet argument sauvage,
C'est l'argument des esprits paresseux ;
Car, après nous, que diraient nos neveux
S'ils n'avaient pas notre siècle pour guide ?
S'ils n'héritaient que d'un espace vide,
D'un siècle obscur qu'ils auraient à chercher
Dans le désert qu'ils viendraient défricher ?

Ah ! comme vous, ils savaient bien nos pères,
Lorsqu'ils semaient ces plantes salutaires
Qui dans les champs pour vous viennent fleurir,
Que dans ce monde ils naissaient pour mourir.
Et c'est pourtant par des labeurs utiles
Qu'ils fécondaient les terres infertiles,
Et qu'ils ont pu nous laisser après eux
Un sol plus doux, des loisirs plus heureux,

Des fruits plus mûrs et des feuilles plus vertes,
Et plus d'abri dans les plaines désertes.
Ces bons aïeux, dans leurs simples essais,
Élargissaient la route du progrès
En la pavant de pages historiques ;
Sur le terrain des sciences antiques
C'était pour vous qu'ils posaient des jalons :
Pour eux la peine et pour vous les moissons ;
Et l'on dirait que ces gloires premières
De vos lauriers gardaient les pépinières.

  S'ils ne sont plus ces peuples anciens,
Leurs monuments, comme autant de liens,
Ont, du passé, renoué les annales.
Ah ! détournons la hache des vandales !
Les monuments sont des siècles debout !
Si quelquefois l'orage brise tout,
Et qu'un débris échappe à la tourmente,
Conservez-le : c'est l'histoire vivante !
Et c'est l'histoire avec son grand cachet,
C'est le grand livre où j'ai pris mon sujet !

LABEUR ET GÉNIE.

Quand vous avez compris votre belle âme,
Que le génie, en larges traits de flamme,
A sillonné vos fronts audacieux,
Le feu sacré va descendre des cieux :
Alors tout brille, il n'est plus de nuages,
Les grands tableaux et les vives images,
Avec bonheur tout s'échappe et jaillit :
C'est un beau nom qui partout retentit,
C'est à grands flots un torrent qui s'écoule ;
Comme un géant vous sortez de la foule,
Et le travail n'ajoute rien de plus
Aux vastes plans que vous avez conçus.

Je le sais bien, et je vous rends hommage !
Mais faut-il donc que l'on se décourage,
Et qu'après vous un timide écrivain,
Épouvanté du sourire hautain
Que les railleurs lui jettent à la face,
Brise sa plume et vous cède la place,
Sans que jamais un regard de faveur
Lui soit venu de la part du lecteur ?

6

N'est-il pas vrai que la pensée arrive
Quoiqu'elle soit et profonde et tardive ?
Lorsqu'elle est lente à sortir de prison
Elle a des fruits pour une autre saison.
Resplendissez d'une vive lumière !
Hélas ! souvent il faut la vie entière
Pour vous polir, ô chefs-d'œuvre brillants !
Si de l'auteur vous faites les tourments,
Si vous coûtez des larmes et des veilles,
Tout est caché sous vos touches vermeilles,
Comme l'hiver sous un soleil nouveau.
Il vous dira, l'habitant du hameau :
Que si l'arbuste à la tige hardie
Se montre plein de jeunesse et de vie,
Et, décoré de ses rameaux flottants,
Semble être fier d'embellir le printemps,
D'autres, n'ayant que des feuilles chétives
Tenant à peine aux branches maladives,
Semblaient souffrir de manquer de verdeur
Et de toujours fatiguer le tuteur ;
Et que, plus tard, leur santé florissante
Vous a donné, pour payer votre attente,
Les plus beaux fruits qu'on demande au verger.
  Dirai-je donc, pour vous encourager,
Qu'on ne voit pas que le goût se relâche ;
Que, s'il s'endort, c'est le jour qui se cache

Sous un brouillard qui ne fait que passer.
Jamais le temps ne voulut effacer
Le souvenir du génie oratoire
Dont s'illustraient la chaire et le prétoire ;
Et mon pays , des esprits éloquents
A su garder des exemples vivants.

   On me dira : la pensée appauvrie ,
Pour retrouver quelque peu d'énergie ,
A demandé les souvenirs éteints ;
Et, pour atteindre à des progrès certains,
Il ne faut pas que le siècle s'isole
De ce passé qui lui sert de boussole.
Soit ; mais aussi nous aurons notre tour,
Et notre esprit saura se faire jour.
Eh ! je sais bien qu'il passa des grands hommes !
Et pour cela faut-il nous faire atomes ?
Faut-il, laissant sommeiller nos esprits,
Nous reposer sans avoir entrepris ?

   Nos devanciers , dans le champ littéraire,
Ont oublié quelque fleur solitaire,
Et dans ce champ qu'ils ont abandonné,
Croyez-le bien, tout n'est pas moissonné.
Donnons des soins à ces fleurs qu'ils nous laissent ;
Ne sait-on pas que les lauriers renaissent ?
Plus on en cueille et plus il en naîtra ,
Et plus pour nous le sol s'en couvrira.

Dans le repos utile à la vieillesse,
Je ne veux pas faire entrer la paresse.
Vous qui croyez avoir fait votre temps :
Si votre esprit ébauchait à vingt ans
Le grand travail qu'il épure à soixante,
On lui sait gré de sa marche prudente.
Souvent le soir le ciel est plus serein,
Plus éclatant qu'il n'était le matin.
Nul ne viendra vous demander votre âge.
Qu'importe, alors que l'on est en voyage,
D'arriver tard si l'on arrive mieux ?
Quand on sait plaire, on n'est jamais trop vieux.

Mais, trop souvent, l'on vous dira peut-être
Que le génie avec nous a dû naître,
Que c'est en vain qu'on cherche à l'acquérir ;
Et c'est ainsi que l'on force à mourir
Son germe heureux qui voulait tant éclore,
Et que vos soins ranimeront encore,
Si désormais les esprits nonchalants
Gardent pour eux ces tristes arguments.

Vous auriez tort de perdre l'espérance :
Quand l'homme veut, qu'importe la distance ?
Pour voyager avec rapidité,
L'intelligence attend la volonté.
Vos premiers pas, qu'ils soient lents ou timides,
Seront suivis de courses intrépides ;

L'essai d'un jour appelle un grand progrès,
Et le départ, c'est parfois le succès.

Le siècle est riche et votre crainte est vaine;
Que du passé l'exemple vous entraîne,
De l'avenir soyez les devanciers :
Tous ces grands noms arrivés les premiers,
Qu'ils ne soient plus l'obstacle qu'on redoute,
Mais que plutôt ils nous ouvrent la route
Comme ils ont fait à d'autres voyageurs,
Et soient pour nous des phares protecteurs
Pour nous montrer et l'écueil et la plage
Qu'à notre tour, rendus sur le rivage,
Nous ferons voir aux hommes qui viendront.
Ainsi que nous, ces hommes se diront :
Ne laissons pas l'intelligence oisive;
Si le génie a la marche hâtive,
Par le travail on peut le renforcer,
Peut-être aussi parfois le remplacer.

LIRE ET ÉCRIRE.

On lit beaucoup ; mais peut-on toujours lire
Sans éprouver l'heureux désir d'écrire ?
Vous qui lisez peut-être jour et nuit,
Répondez-moi : l'auteur qui vous séduit
Empêche-t-il que, marchant sur sa trace,
A ses côtés vous alliez prendre place ?
Pourquoi toujours, copiste ou narrateur,
De son esprit vous faire colporteur ?
    L'intelligence a de premières phases
Où du cerveau l'on doit meubler les cases,
Et c'est le goût et le discernement
Qui feront choix de cet ameublement,
Et vous aurez des études à faire ;
Mais votre esprit doit-il toujours se taire ?
Et vous est-il défendu d'imiter
Les écrivains qu'on vous entend citer ?
    Êtes-vous sûr de garder les idées
Qu'à ces auteurs vous avez empruntées,
Lorsque le temps, ô timides échos !
Dans vos récits apporte le chaos,

Et qu'au départ d'une mémoire usée
Vous restez seul avec votre pensée.

Et si parfois j'interroge en chemin,
Il faudra donc que j'attende à demain,
Ou qu'avec vous j'aille en votre demeure :
Vous ne pouvez me répondre sur l'heure,
Et vos cahiers, qu'il vous faut feuilleter,
Il eût fallu sous vos bras les porter.
L'avis d'autrui je sais bien où le prendre ;
Mais c'était vous que je voulais entendre,
Et vous voyez qu'il est des cas urgents
Où l'on n'a rien que sa part de bon sens.

Lorsqu'on est seul dans une promenade,
Quand on est vieux, impotent ou malade,
Lorsque la vie a besoin de repos
Et que l'esprit exige des travaux,
On est heureux si l'on sut à l'avance
Faire marcher sa seule intelligence :
Dans la retraite on pourra l'exploiter,
Et par besoin apprendre à méditer,
Pour obtenir de l'âme recueillie
Un de ces chants dont elle fut nourrie.

Je veux aussi que le commentateur
Ait dans mes vers une place d'honneur :
Et l'érudit, qui pour nous se dévoue,
Mérite bien que ma muse le loue :

Pour exhumer d'utiles manuscrits,

Des temps passés il fouille les débris ;

Et rassemblant des pages décousues

Qui périssaient peut-être inaperçues,

Il les sauva des outrages du temps

Et de l'oubli des esprits ignorants.

Qu'il marche donc et poursuive sa tâche ;

Dans ces feuillets que la poussière cache,

A lui le soin d'effleurer, de choisir ;

Tandis qu'un autre avec plus de loisir,

Pour rendre hommage aux auteurs qu'il admire,

Voudra comme eux se permettre d'écrire,

Et se dira qu'il est bon de savoir

Cueillir des fruits dans son propre terroir.

L'intelligence attend qu'on la commande,

Et sans espoir voulez-vous qu'elle attende ?

Il se peut bien qu'un dépit clandestin

A fait tomber le livre de la main.

Vous avez dit : cet auteur m'intéresse ;

Mais si j'avais combattu ma paresse,

J'aurais écrit, et peut-être aujourd'hui

J'aurais déjà de l'avance sur lui.

Si ma pensée emprunte la parole,

Qui dans les airs et s'échappe et s'envole,

L'auteur la livre au papier plus discret ;

Comme la voix sa plume la transmet.

Essayez donc de vous mettre à l'ouvrage
Vous qui tenez quelquefois ce langage.

   Si tant d'auteurs que chante le pays
N'avaient osé publier leurs écrits,
La renaissance eût-elle de sa gloire
Rempli pour nous le vide de l'histoire
Et rétabli la continuité
Du grand chemin de la postérité ?

PROLIXITÉ ET PRÉCISION.

   Si j'ai trouvé dans la littérature
Pour mon esprit un peu de nourriture,
Je ne veux pas me montrer exclusif
Quand je m'adresse à l'homme positif.
Je ne dois point exiger qu'il écoute
Tous les parleurs qu'il trouve sur sa route;
Je lui permets de se débarrasser,
S'il est certain de pouvoir s'en passer,
Des mots fleuris dont on ne fait usage
Que lorsqu'on veut enrichir le langage,

Et qui se font sonores et pompeux
Quand le génie a su disposer d'eux.

De votre esprit, je comprends la torture,
Vous qui du temps avez pris la mesure,
Alors qu'il faut que vous tendiez la main
Au discoureur vous barrant le chemin,
Et qu'il vous faut subir la redondance
Du plaidoyer qu'il prépare à l'avance.
Si vous fuyez avant qu'il soit au bout,
De ce délit ma muse vous absout.

Vous dont la tête est un bureau d'affaires
Où vous avez rangé par étagères
Ce qui suffit à son ameublement,
Et qui voulez que le raisonnement
Suive au galop le sentier qu'il effleure
Comme un cocher que vous payez à l'heure,
Et qui savez le tourment de l'oisif
Et la valeur du moment fugitif,
Je ne veux point vous obliger à lire
Tous les auteurs qui se mêlent d'écrire.
Si l'écrivain est pour vous trop fâcheux,
Si trop long-temps à des sujets oiseux
Il prodigua sa languissante plume,
S'il vous renvoit de volume en volume
En vous donnant son style à corriger,
Vous pouvez bien lui dire d'abréger ;

Mais quoiqu'il soit peu pressé de conclure,
S'il écrit bien, si sa morale est pure,
Je garantis que son plus grand défaut
C'est bien celui d'avoir fini trop tôt.

Voici d'ailleurs l'avis que je vous donne :
Soyez précis, cette méthode est bonne,
Mais seulement tâchez de l'être assez ;
Cela vaut mieux que de l'être à l'excès.

Voudriez-vous donc que toujours la pensée
Nous arrivât de chiffres hérissée ;
Qu'elle vécût sans gloire et sans ardeur,
Et se vêtît d'un habit sans ampleur ?
Et selon vous la parole facile
Est sans valeur lorsqu'elle est inutile ;
Et même elle est un surcroît d'embarras
Quand vous courez après les résultats.
Et l'éloquence est, malgré son prestige
Et des succès qui tiennent du prodige,
Un vain rouage à grand'peine construit
Pour fabriquer du chaos et du bruit ;
Elle est aussi le commerce d'images
Dont les rhéteurs tiennent les étalages ;
Et la logique, avec ses longs détours,
Est tout au plus une entrave au discours ;
La poésie une métamorphose
Que le rêveur fait subir à la prose

Alors qu'il veut la chanter longuement
Pour son plaisir et pour notre tourment.

Si vous teniez ce langage excentrique,
Vous voudriez donc, défiant la critique,
A votre gré circonscrire le beau ?
Autant vaudrait endiguer le ruisseau
Pour l'empêcher d'humecter la prairie.

Dans les auteurs qui charment notre vie,
Que de feuillets il faudrait déchirer
Si vos compas devaient les mesurer !
Vous supprimez l'exorde, l'épilogue,
Tout en rêvant peut-être un dialogue
Débarrassé de ses mots superflus,
Où l'on dirait : oui, non, et rien de plus ;
Et vous voulez que le signe de tête
Devienne un jour notre unique interprète !
Votre système est l'opposé du mien :
Je veux qu'on parle alors qu'on parle bien.

Retentissez tribunes et prétoires :
La poésie a besoin de vos gloires !
Allez toujours poètes, orateurs,
Sans écouter vos injustes frondeurs ;
De vos succès nous avons l'habitude ;
Sans vous la vie est une solitude,
C'est un salon qui manque d'ornements,
C'est un muet qui perd ses truchements !

Et d'ailleurs, moi, je pense qu'il est sage,
Lorsqu'il s'agit de style et de langage,
De s'appliquer à savoir les choisir ;
Et qu'au surplus il nous faut convenir,
Pour adopter quelque chose de fixe,
Qu'en disant mal on est toujours prolixe,
Qu'en disant bien on est toujours concis.

L'esprit humain change de coloris.
Comme le cœur il est plein de nuances.
Pourquoi vouloir gâter ses jouissances ?
Ah ! laissez-lui chercher sous un ciel pur
Un chant suave et des songes d'azur !
Oui ! laissez-lui ses images vermeilles ;
Il les lui faut, comme il faut aux abeilles,
Les sucs nouveaux que donne le printemps,
Quand elles vont voyager dans les champs
Pour assister au passage des roses.
Ainsi les arts ont de ces fleurs écloses
Que notre esprit a besoin de cueillir
S'il ne veut pas se hâter de vieillir.

Quand la science a des couleurs trop sombres,
N'oubliez pas, pour dissiper ses ombres,
Qu'elle a toujours, et par plus d'un côté,
Avec les arts un peu de parenté.

Il est à vous tout ce champ littéraire,
Allez choisir la fleur qui sait vous plaire !

Sur vos esprits répandez de l'émail !
On se délasse en changeant de travail.
Cette recette est utile, je pense ;
Et j'en ai fait la longue expérience,
Moi qui vous parle et qui vis à l'écart,
Et je me plais à vous en faire part.

CLASSIQUE ET ROMANTIQUE.

—

Entendez-vous ce vieillard qui censure,
Et qui soutient que la littérature
Touche à sa fin et ne fait que blémir
Sur le tombeau qui doit l'ensevelir ?
Je ne veux pas de ce triste présage :
Vous qui tenez ce sévère langage
Venez écrire, et l'on vous répondra ;
Peut-être aussi qu'on vous applaudira.
Si vous croyez que le bon goût expire,
Réveillez-vous ! décrochez votre lyre ;
Et vous verrez qu'ils ne sont pas tous morts
Ceux qui jadis célébraient vos accords.

Mais je vois bien qu'il faut que je m'explique :
Suis-je donc moi classique ou romantique ?
C'est vainement que vous le demandez ;
Ces deux grands noms, que tant vous répétez,
Si vous voulez enfin que je le dise,
Viennent frapper mon oreille surprise
Bien plus souvent qu'ils frappent ma raison.

Pour moi le beau fut de toute saison :
Comme un ciel pur où se fixe l'étoile,
Et le forum et le marbre et la toile,
Et le burin et les doctes écrits,
Et les beaux vers que l'on faisait jadis ;
L'antiquité que le savant explore,
Et tous les arts que l'on cultive encore,
C'est là ce beau tel que je le comprends,
Sans l'isoler des hommes et des temps !

Si le vieillard de la terre classique,
Comme un reflet de cette gloire antique,
Du temps moderne abordait les salons,
Ainsi que vous sans doute nous voulons
Que ce vieillard, que l'on tient à distance,
N'ait pas perdu son droit de préséance !
Avec respect il faudra l'écouter,
Et s'il se peut encore l'imiter !

Quand le poëte a compris son génie,
Que vous voyez grandir la poésie,

Qu'elle s'élève et monte vers les cieux,
N'arrêtez pas son vol audacieux.
Ah ! laissez-la dans sa magnificence !
Laissez-la libre : elle a trop de vaillance,
Trop de fierté pour vivre dans les fers,
Elle qui veut embrasser l'univers !

Quand le poète est plus près de la terre,
Et que sa muse est folâtre et légère,
Et qu'il assiste aux banquets des humains
En cadençant les bachiques refrains,
Ou que sa voix, changeant de mélodie,
Invite l'âme à la mélancolie,
A-t-on besoin, lorsqu'on voit ses succès,
De demander s'il est dans le progrès ?

Si votre esprit en courant sous la plume,
Au feu sacré qui scintille et s'allume,
Avec le cœur se mettant de moitié,
Forge le trait que lance l'amitié,
Que vous soyez classique ou romantique,
J'ai le secret de votre art poétique ;
Et s'il est bon le genre me plaira,
Et l'avenir sans moi le classera.

La poésie, en naissant riche et belle,
Voulut avoir une langue pour elle ;
Et cette langue, aux sons harmonieux,
On la forma de quelques mots heureux,

Et l'on voulut que les termes vulgaires
Fussent bannis de ses vocabulaires,
Où cependant l'on peut les rétablir
Quand votre plume a su les embellir,
Et que sous elle ils perdent leur roture
Par le secours d'une habile figure.

Mais mon esprit se trouverait blessé
Si le poète avait trop effacé
Le souvenir des antiques modèles
Pour se soumettre à des formes nouvelles;
Si, des rhéteurs déchirant les statuts,
Il s'écartait de ces sentiers battus
Dont le penseur avait marqué la trace,
Et s'il allait, pour faire plus de place
A tous les vers libres et vagabonds,
Sur son chemin abattre les jalons
Dont je me sers, et que je veux qu'on pose
Pour séparer les vers d'avec la prose,
Et qu'il me dit : ce ravage me plaît,
Le romantique aujourd'hui le permet.
Alors, prudent comme on l'est à mon âge,
Je me dirais : le classique est plus sage,
Je le reprends et j'accepte sa loi,
Et le lecteur le dirait comme moi.

Mais le classique, avec ses lois sévères
Et son amas de trésors littéraires,

7

N'empêche pas qu'avec d'autres pinceaux
Le romantique anime ses tableaux.

En s'écartant de nos vieilles méthodes,
Pour essayer du caprice des modes,
Si le rimeur dépasse son terrain,
Que du bon goût il respecte le frein.

Un vers brillant peut bien, à sa naissance,
Du romantique agréer l'assistance,
Et, comme lui, marcher en liberté
Sous les regards de la postérité,
Pourvu qu'ensuite, empressé de nous plaire,
Du vieux classique il garde le vestiaire,
Qu'il pourra bien quelque peu rajeunir
En ayant soin de ne pas le ternir !

POÈTE ET VERSIFICATEUR.

Deux poètes sont en présence :
L'un, fertile dans ses travaux,
A, par le rhythme et la cadence.
Donné la vie à ses tableaux.

Et l'autre malgré lui vous jette
La pensée arrivant du cœur.
Pour moi, le second est poète,
Le premier, versificateur.

Que les vers à rime sonore
Arrivent dans le premier jet,
Ou que le temps les élabore
Dans le travail du cabinet,
C'est au lecteur qui vous feuillette,
Dans son esprit inquisiteur,
A voir si vous êtes poète
Ou simple versificateur.

Lorsque, pour égayer la vie,
On veut, dans les jours de festin,
Lancer le trait et la saillie
Ou rimer de joyeux refrains,
Le cœur, s'il se mêle à la fête,
A l'esprit pour introducteur.
La lyre appartient au poète,
La plume au versificateur.

Dans ce bel art de la sculpture,
Lorsque, sous l'habile ciseau,
Le marbre scintille et s'épure ;
Que le peintre ordonne au pinceau

D'animer la toile muette,
Alors l'artiste créateur
Ne peut-il pas être poète
Sans être versificateur ?

Et quand le pâtre des montagnes
Voit tout briller et s'agrandir,
Et que sa voix dans les campagnes
Sans obstacle va retentir,
Et lorsqu'il dit sur sa musette
La chanson dont il est l'auteur,
Ne peut-il pas être poète
Sans être versificateur ?

Combien de fois à forte dose,
Même à l'insu de l'écrivain,
La poésie est dans la prose
Quand le rimeur la cherche en vain ;
Et bien souvent, je le répète,
Quand le poète est prosateur,
Le prosateur est grand poète
Sans être versificateur.

Dans cette espèce de litige
Que je viens de faire surgir,
Je me résume et je transige,
Et je dirai, pour en finir,

Qu'il faut, pour rendre plus complète
La gloire que cherche l'auteur,
Qu'il joigne à l'âme du poète
L'esprit du versificateur.

Alors qu'un rimeur satirique
Poursuit et chante les repas ;
Qu'un poète mélancolique
A fui le monde et son fracas,
Peut-être la fortune apprête,
En distribuant ses faveurs,
Un hôpital pour le poète,
Une villa pour le rimeur.

AUX VIEILLARDS.

Écoutez bien : ma muse est triomphante !
Elle a trouvé des accents généreux.
Oh ! venez tous : venez, que je vous chante
L'un des sujets que je chante le mieux !

Vous dont le front rayonne d'allégresse,
Vous dont les yeux se remplissent de pleurs,
Inclinez-vous ! je chante la vieillesse !
Je la salue et la couvre de fleurs !

> Vous qui dites les saints cantiques,
> Enfants, venez de toutes parts,
> Et que vos bouches angéliques
> Entonnent l'hymne des vieillards.

Dans ces grands jours de pompe solennelle,
Souvent je vois la marche des humains :
L'airain résonne et le cuivre étincelle ;
Je vois les fleurs qui couvrent les chemins ;
Des lauriers verts les tresses festonnées
Que vous posez sur le front des héros,
Le voile blanc des vierges couronnées,
Et le drap noir qu'on met sur les tombeaux.

> Mais dans ces fêtes magnifiques,
> Parmi vos brillants étendards,
> Je veux les bannières antiques
> Et le cortège des vieillards.

Vous qui filez des heures fortunées,
Oh ! si jamais il passait près de vous
L'homme courbé sous le poids des années,
Laissez vos jeux, amis, et venez tous ;

Si vous voyez qu'à grand'peine il chemine,
Venez en aide à ses pas chancelants ;
Qu'il soit couvert de haillons ou d'hermine,
C'est toujours l'homme incliné sous le temps.

Des préséances de la terre,
Quand vous voulez faire les parts,
N'oubliez pas que la première
Doit être celle des vieillards.

Oh ! oui, toujours la douce poésie
Agitera quelques fibres du cœur ;
La toile aussi reproduira la vie
Qu'elle reçoit du pinceau créateur,
Si vous savez, pour vos grandes images,
A la vieillesse emprunter quelques traits,
Si vous placez dans les plus frais bocages
Quelque vieux tronc de l'arbre des forêts.

Et lorsque d'heureuses conquêtes
Vous voulez enrichir les arts,
Croyez-moi, peintres et poètes,
N'oubliez jamais les vieillards.

Si j'essayais le tableau poétique
De la famille et du toit paternel,
Je vous peindrais au foyer domestique :
La jeune fille au retour de l'autel,

Et les voisins que l'amitié convie,
Et les enfants qui recueillent le soir
Les pleurs d'amour de la mère attendrie,
Et la leçon du maître du manoir.

Malgré l'attrait de la soirée,
Je saurais brusquer mon départ,
Si, dans une chambre ignorée,
On me cachait quelque vieillard.

De la vieillesse, invoquez la prière !
Dans vos maisons elle porte bonheur !
Enfants soumis, gardez pour votre père
Vos premiers soins et la place d'honneur :
C'est lui qui doit présider à vos fêtes,
Et qui, sur vous, doit élever ses mains,
Et de sa voix appeler sur vos têtes
Les plus longs jours, les jours les plus sereins ;

Et puis, comme l'astre qui brille,
Vous éclairer de son regard.
Oh ! bien heureuse la famille
Qui peut posséder un vieillard !

Si quelque hiver déchaînait ses rafales,
Si la forêt cédait aux ouragans,
Après l'orage, à de longs intervalles,
Vous trouveriez quelques chênes vivants.

Ainsi la mort a marqué son passage,
Et sur sa route elle moissonne tout,
En vous laissant, fidèle à son usage,
De loin en loin quelque vieillard debout.

Pour empêcher que l'on s'égare
Dans la vie aux sentiers épars,
Le temps nous a donné pour phare
L'expérience des vieillards.

Si la rosée anime la verdure
Du gracieux et folâtre printemps,
Si des flots d'or brillantent la parure
Des blonds étés aux soleils dévorans,
Lorsque l'hiver ramène son cortège,
On aime à voir ce magnifique jour,
Ce jour pompeux que couronne la neige
Pour mieux fêter l'homme sur son retour.

Et ces neiges de vos campagnes,
Qui viennent chasser les brouillards,
Semblent tomber de nos montagnes
Sur le front chauve des vieillards.

S'il a du temps éprouvé les ravages,
L'homme vieilli n'a pas le cœur glacé ;
Comme les pleurs coulent sur son visage
Quand ses enfants le tiennent embrassé.

Et voyez-le sourire de tendresse
Lorsqu'il a su qu'on ne l'oubliait pas !
Et sa poitrine et se gonfle et s'oppresse
Lorsqu'un ami le serre dans ses bras !

Et l'amitié jeune et fragile,
Et qui se raffermit plus tard,
Toujours plus pure et plus tranquille
Loge dans l'âme des vieillards.

Si j'aime à voir flamboyer dans l'espace
Un soleil d'or et ses gerbes de feu,
Je veux qu'aussi la brise me délasse
Lorsque le soir ramène son ciel bleu.
Si je vieillis, que la gloire me laisse
De la vertu le courage divin.
S'il est plus beau l'homme dans sa jeunesse,
Il est plus grand l'homme sur son déclin.

La gloire ne connaît pas d'âge :
Elle brille dans les hasards,
Elle brille dans l'hermitage
Où s'agenouillent les vieillards.

LA FÊTE D'UNE MÈRE.

Pourquoi remplir tant de corbeilles
De fleurs riantes et vermeilles ?
    Pourquoi tous ces rubans,
    Cette joie et ces chants,
Et ce luxe nouveau du repas qu'on apprête ?
  Ah ! je comprends : c'est aujourd'hui sa fête !
La fête d'une mère ! oh ! quel jour de plaisir !
    Et cette mère respectable,
    Auprès de vous, ce soir à table,
    Comme elle va se réjouir !
    Vous attendez cette journée ;
    Vous l'attendez toute l'année !
    Et moi je veux la raconter,
    Et comme vous rire et chanter.

Laissons pour un moment les hymnes funéraires,
Et que les sons plaintifs de mes chants solitaires
Aujourd'hui fassent place à des refrains joyeux !
Si les larmes du cœur arrivent jusqu'aux yeux,
Que ce soit le plaisir qui les fasse répandre !
Enfants, à vos désirs ma muse va se rendre ;

Et, chassant de mes vers la tristesse et l'ennui,

Elle va s'efforcer de vous cacher son âge,

Et se faire avec vous tapageuse et volage.

Oh! qu'ils le savent bien que c'est pour aujourd'hui!

Tous ces enfants debout depuis avant l'aurore!

 Là-bas, devant cette maison,

 Voyez ce tertre de gazon :

 Comme avec luxe on le décore!

 La dame est riche, et tous les ans

 Elle permet que ses enfants

 Et les enfants de la contrée,

 Lorsque sa fête est célébrée,

 Ensemble dînent au manoir,

 Où cette fête les attire,

 Et qu'ils soient libres jusqu'au soir

 De folâtrer, sauter et rire ;

 La joie anime leurs parents,

 Et cette joie est sympathique, ·

 Elle gagne petits et grands,

 Et la fête devient publique.

 Mais donnons suite à ce narré :

Et puis, en attendant que tout soit préparé,

Qu'elle rentre au logis, la mère de famille,

Je crois que c'est pour nous le moment d'écouter

 Les couplets que sa jeune fille,

Depuis huit jours, s'exerce à débiter.

Qu'ai-je besoin, ma bonne mère,
Que le temps marque le retour
De cet heureux anniversaire
Que nous célébrons en ce jour ?

Mieux que le temps mon cœur fidèle
Me retrace ce souvenir !
Chaque jour je me le rappelle
Pour vous prier de nous bénir !

Ces quelques jeux que l'on dispose,
Et ces bouquets et puis ces vers,
Ils sont, hélas ! bien peu de chose ;
Mais de bon cœur ils sont offerts.

Ah ! souriez à notre hommage ;
Acceptez et couplets et fleurs :
Votre fête, dans ce village,
Est la fête de tous les cœurs.

Allez donc prendre votre place
Au banquet où vous invitez ;
Et moi, marchant sur votre trace,
Je vais m'asseoir à vos côtés.

Cependant cette mère est bien long-temps absente,
C'est qu'elle vient de loin, et sa marche est pesante.

Mais il commence à faire nuit,

On entend quelque bruit,

Et l'on ouvre la porte,

Et la mère revient, mais elle revient morte.

Morte?... oui,... regarde... et le prêtre demain

Viendra du cimetière indiquer le chemin.

Oh ! pauvre enfant, que la fête est changée !

Comme toujours il faut donc m'attrister !

Mais écoutez : l'épître est arrangée

Et l'on pourra la laisser subsister.

Lorsque la vie est écoulée,

On célèbre des jours nouveaux,

Et la poésie est mêlée

A l'épitaphe des tombeaux.

De cette fête de la terre,

Tous les convives du festin

Pourront venir demain matin

Faire un grand jour pour la prière,

Car la joie est facile à changer en douleur.

D'ailleurs, puisqu'ils voulaient que l'on marchât en chœur,

Que le fifre devait annoncer le cortège,

Ce n'est qu'un changement : dans un autre solfège

La cloche aussi l'annoncera ;

En chœur aussi l'on marchera.

Et c'est ainsi que la fête est finie !

Comme le soir l'a rembrunie !

A ce grand jour, qui se levait si beau,
Une torche funèbre a servi de flambeau.....
Portez dans vos paniers de plus pâle jonchée ;
Que les fleurs des tombeaux aient la tête penchée ;
Jetez tous ces rubans, les morts n'en veulent pas ;
Que les crêpes de deuil s'attachent à vos bras,
　　Et célébrons la fête sépulcrale.

Jeune fille, venez : si vous pouvez parler,
　　　Venez encor nous réciter
　　　Votre harangue filiale ;
Et puis, pour qu'il s'adapte à ce triste moment,
Ajoutez ce couplet à votre compliment :
　　　Bonne mère, allez nous attendre,
　　　Puisque vous partez avant nous !
　　　Votre fête est changée en cendre,
　　　Comme elle changera pour tous !

　　Eh bien ! lecteur, est-ce ma faute ?
　　En commençant cette anecdote,
　　J'avais voulu vous égayer.
　　Que m'a servi de l'essayer ?
　　Ma muse s'était déridée,
　　Et paraissait bien décidée
　　A raconter les passe-temps,
　　Et tous les jeux réjouissants

Dont les enfants ont le génie,

Et que quelquefois l'on copie

Quand on cherche des plaisirs vrais.

Si je suis obligé de changer de projets,

J'en déduis une conséquence :

C'est qu'ici bas, quand le jour recommence,

Hélas ! on est bien peu certain

Que l'on rira le soir comme on rit le matin.

ESPÉRANCE ET SAGESSE.

Elle était sage, elle était belle,

L'enfant qu'on surnommait la blonde demoiselle :

Elle avait le maintien modeste et gracieux,

Le regard doux et la voix pure,

Et l'or qui se mêlait à sa riche parure

Était moins éclatant que l'or de ses cheveux.

Un jour que cette blonde et ses jeunes compagnes

Parcouraient les vertes campagnes,

Et tandis que la brise, au gré du promeneur,

Époussetait le velours des prairies,

On entendit un long cri de douleurs

Qui fit cesser les causeries.

Une enfant effrayée, et cherchant son chemin,
Disait en sanglotant : je n'ai donc plus de pain !
Et ma mère s'en est allée.....
Et je suis seule et désolée.....
Pour m'abriter, je n'ai pas un réduit.....
Il faut ici que je passe la nuit !
Et demain..... et long-temps encore.....
Et puis, j'ai peur..... et la faim me dévore !
Et les enfants émus, transportant dans leurs bras
Des débris de fagots pour faire un matelas,
Ainsi qu'un paravent se rangent autour d'elle ;
Et puis, tout part comme un vol d'hirondelle.

La blonde s'écriait : venez la secourir !
Dépêchez-vous, ma mère ! elle pourrait mourir !
Venez, vous calmerez sa peine !
Et la mère accourut : viens donc, que je t'amène,
O pauvre enfant, dit-elle, avant qu'il soit plus tard,
Et n'attends pas ici le retour du brouillard.

De ces sentiers, je n'ai pas l'habitude,
Et je tombe de lassitude ;
Bonne dame, je n'ai plus rien !
Et le froid m'a saisie !
— Ne pleures pas, l'on t'aime bien.
Oh ! comme elle est transie !

Quel âge as-tu ? — Je ne sais pas.

— Ta pauvre mère ! — Elle est là-bas !

Sur la paille elle était couchée ;

A ses côtés moi je priais ;

Et sous la terre ils l'ont cachée ;

Et, tandis que je la pleurais,

Pour elle on chantait à l'église.....

— Oh ! chère enfant ! mon cœur se brise.

Il n'est pas loin mon logement,

Viens avec moi, viens doucement ;

Ma fille est blonde et toi bien brune,

Et brune je te nommerai.

— Oh ! comme je vous aimerai !

Je ne veux pas être importune,

Et je vivrai de pain et d'eau.

— Viens, couvre-toi de mon manteau.

Et le soir, admise à la table

De cette dame charitable,

L'enfant montra de la raison,

De la raison qui germe encore,

Et qui, pour achever d'éclore,

Attendra que la vie ait changé de saison.

Cependant une femme à la mise bourgoise,

Arrivant par le coche au bout de quelques jours,

Vint réclamer la pauvre villageoise,

Et lui promit sympathie et secours.

La brune fut obéissante ;
D'ailleurs, elle dut obéir,
Car cette femme était sa tante.

On versa bien des pleurs quand il fallut partir.
Puis, vinrent les cadeaux : j'oubliais de vous dire
Que cette fille savait lire.
Dans son village, aux indigents
On ouvre une modeste école,
Et le prêtre, à son tour, de la sainte parole
Nourrit l'esprit de ces pauvres enfants.
Elle est si jeune encor, peut-être qu'elle épèle.
Un livre de prière est glissé dans sa main,
Et dans ses yeux d'enfant le plaisir étincelle.
Ne croyez pas qu'elle attende à demain
Pour feuilleter ce livre, il est doré sur tranche.
Aussi, comme elle l'admirait !
On eût dit qu'elle désirait,
Pour le montrer à tous, qu'il fût bientôt dimanche.

Ah ! quand on a souffert, l'esprit est prévoyant.
Et tous ces beaux habits qu'elle va dépliant,
On les mettra pour parcourir les villes ;
Mais pour gravir les coteaux buissonneux,
Pour traverser les sentiers sablonneux,
Les haillons sont encore utiles.

Elle part donc, et la blonde en secret
        Lui donne son portrait,
En lui criant : **ESPÉRANCE ET SAGESSE!**
Et la brune répond : C'est toute ma richesse !

———

Cette orpheline un jour doit-elle revenir ?
La blonde en conserva long-temps le souvenir.
Mais trente ans ont passé ; de plus vives alarmes,
Des regrets plus cuisants font couler d'autres larmes !
        La mort, en faisant son parcours,
Du père et de la mère a ramassé les jours ;
Les échos ont redit des plaintes déchirantes !
La maison elle-même, antique monument,
        Qu'avec lenteur les dettes dévorantes
            Dans l'ombre minaient sourdement,
        Attend son jour de funérailles,
Et l'on va renverser ses gothiques murailles.
La blonde n'a plus rien que l'hospitalité
Que voudront lui donner les sœurs de charité !

On eût dit que sa vie était près de s'éteindre.....
On la voyait souvent prier sur les tombeaux.....
        Pauvre orpheline ! oh ! qu'elle était à plaindre !

Un jour qu'elle suivait la pente des coteaux

Et longeait une claire-voie,
Une femme survint, et lui dit avec joie :
   Mademoiselle, entrez dans ce logis,
   C'est le chagrin qui vous tourmente,
Mais tous les cœurs ne sont pas endurcis,
   Je ne suis qu'une gouvernante,
   Et ma maîtresse reviendra,
   Et votre sort s'adoucira.

   C'est en effet dans cet asile
   Que la blonde fut plus tranquille :
   Après avoir fait des récits
   Que l'on savait dans le pays,
   De ces récits dont la durée
   Peut s'ajuster à la soirée,
Il est tard, dit la vieille, et je trouve à propos
   D'aller prendre un peu de repos.
Demain vous saurez tout, et soyez matinale.
   Et cela dit, elle l'installe ;
Et puis, dans la maison, tout se calme et tout dort.
Pauvre blonde ! sur vous le malheur frappe fort,
Mais, en frappant, du moins il faut bien qu'il vous laisse
Le droit de répéter : ESPÉRANCE ET SAGESSE !

Enfin, le jour a lui dans les appartements.
La maîtresse apparaît..... C'est la brune des champs......
   Oui, c'est bien cette pauvre brune,
Qui ne s'éblouit pas des dons de la fortune,
   Et dont le cœur religieux
Fait de la charité son œuvre journalière.
Elle a séché les pleurs de tant de malheureux,
Qu'elle a reçu le nom de sœur hospitalière ;
Ce nom si plein de vie, et qui ne périt pas
Comme tant d'autres noms des gloires d'ici-bas.

   L'entrevue est intéressante :
   Pour la rendre plus saisissante,
  Qu'auraient donc fait l'abondance des mots
   Et l'artifice des images ?
  Les yeux mouillés et le cœur gros,
C'était bien, dans ce cas, le plus beau des langages.
 Mais, lecteurs, l'écrivain qui, malgré ses efforts,
En vain de son esprit agite les ressorts,
Peut trouver dans vos yeux de ces pleurs d'éloquence
Attestant que vos cœurs ont compris son silence,
Et que pour l'embellir ils savent retoucher
Le profil imparfait qu'il n'a fait qu'ébaucher.

 La brune cependant, d'une voix attendrie,
Disait, tendant les bras à son ancienne amie :

Quand je cherchais le pain de la pitié,

J'obtins de vous une tendre amitié,

Et ce portrait m'en fut donné pour gage.

Ma tante est morte, et de son héritage

Il m'est resté de l'argent et des pleurs.

Et quand j'ai su tous vos malheurs,

Et qu'on m'a dit, sur la rive lointaine,

Que vous aussi vous aviez à souffrir,

Je suis venue acheter ce domaine

Dans le dessein de vous l'offrir.

— Et moi j'accepterais cette offre généreuse !

Non, mon amie, oh ! non, jamais !

Écoutez : il me vient une pensée heureuse,

Leur dit la bonne vieille ; entre vous désormais,

Puisque vos cœurs rapprochent la distance,

Que l'amitié qui les réunira

Fasse, ainsi qu'elle l'entendra,

Les honneurs de la préséance.

Venez comme deux sœurs toutes deux habiter

Cet asile champêtre où la richesse abonde.

On approuve ; et la brune ainsi peut s'acquitter

Des bienfaits que jadis lui prodigua la blonde.

Je dis la blonde ; oui ; mais, lecteur,

Ses beaux cheveux ont changé de couleur.

Quand elle était avec toutes ces filles,
Belles comme les fleurs qu'elles allaient cueillir
En se jouant dans les charmilles,
Avait-elle songé qu'elle devait vieillir ?
Et la brune aux cheveux d'ébène,
Qu'aujourd'hui le ciel lui ramène,
Comme elle, approche des vieux ans ;
Et l'hiver, qui prend ses revanches,
Leur a fait de ces têtes blanches
Dont s'effarouche le printemps.
Vieilles déjà ? Mais oui, sans doute.
La jeunesse est pleine d'espoir.
Hélas ! pour peu qu'elle s'arrête en route,
Son aube du matin est une aube du soir,
Car, au fond du berceau, la mort a des racines.
Au surplus, nos deux héroïnes
Savent bien que le temps moissonna leurs attraits,
Et qu'il est superflu d'en avoir des regrets,
Puisque l'on est toujours belle dans la vieillesse
Lorsqu'on a dit ces mots : ESPÉRANCE ET SAGESSE !

ELLES L'ONT DONC CHASSÉE.

On venait de couvrir de terre
Les restes glacés du bon père ;
Ce matin la cloche de deuil
Sonnait la fête d'un cercueil.
Oh ! pendant ces heures d'alarmes,
Il a dû couler bien des larmes !
Ce soir on dispute la part
De la dépouille du vieillard.
Ses filles, aux regards livides,
En serrant dans leurs mains avides
Le peu d'or qui sèche leurs pleurs,
Exprimaient des regrets menteurs,
Et se disaient : prenons courage !
Donnons des soins à l'héritage ;
Pour l'avenir, traçons nos plans,
Songeons surtout à nos vieux ans.
   Songez plutôt, cruelles filles,
Au deuil qui couvre les familles,
Quand la mort, faisant le rappel,
A brisé le toit paternel
Comme le vent brise la plante.
   La fosse est encore béante,

Et vos pleurs cessent de couler !
Le père vient de s'en aller,
Il vient d'abandonner son gîte,
C'est ce jour même qu'il le quitte,
Et qu'il le quitte pour jamais !
Attendez donc, pour vos projets,
Que le jour cache sa lumière
Et qu'on ferme le cimetière.
Le père eût gémi plus long-temps
Sur la tombe de ces enfants !

Il vous lègue sa pauvre nièce
Qui vous demande une caresse,
Et qui vient vous tendre la main ;
Épargnez-lui votre dédain ;
Elle a perdu ses père et mère,
Elle est seule sur cette terre,
C'est à vous d'être son soutien ;
Car, dans ce monde, elle n'a rien,
Elle n'a rien que son jeune âge !
Et déjà va gronder l'orage !
Douze ans à peine, et sans abri !
Son pauvre cœur s'est attendri.
Un petit coin dans cet asile,
Elle est bien sage et bien docile
Elle vous dit dans sa candeur :
Ayez pitié de ma douleur !

Le ciel bénira votre vie !

Sous ces toits, je fus accueillie,

J'y trouvai la douce amitié.

— Ce n'était que de la pitié.

— Soyez sensibles, soyez bonnes !

— Allez chercher d'autres aumônes.

— Je ne peux vivre loin de vous,

Et je me jette à vos genoux ;

Prenez-moi pour votre servante,

Je serai bien obéissante.

— Non, non, allez : il faut partir.

— Laissez-moi donc un peu grandir.

— Oh ! non, partez sans plus attendre.

Mais il gelait à pierre fendre,

C'était la saison des frimas ;

Elle coucha sur le verglas,

Le soleil en cacha la trace

Alors qu'il vint fondre la glace.

On ne la vit plus au hameau.

Les sœurs conduisaient leur troupeau.

Chacun disait dans sa pensée :

Les cruelles L'ONT DONC CHASSÉE !

———

Il n'est plus ce chêne géant

Que l'on prenait pour orient

Lorsqu'on errait dans la campagne.

On ne voit plus sur la montagne

La cabane où le pélerin

Attendait l'aube du matin ;

Et les pâtres de la colline

Ne savent rien de l'orpheline ;

Cependant, quelques vieux bergers

Ont vu, sur les bords étrangers,

Ses cousines impitoyables

Implorer les mains charitables.

Sous les fureurs des aquilons

Qui ravagèrent les vallons,

Elles perdirent leur chaumière,

Et n'ont plus rien que la misère,

Que la misère et ses horreurs,

De la vieillesse, et puis des pleurs !

Et leur humeur est plus chagrine

Quand vient cette heure clandestine

Où le monde cache son bruit

Dans le silence de la nuit.

Mais ce remords qui les accable,

C'est l'arche sainte du coupable ;

Et, pour un cœur à l'abandon,

C'est comme un gage de pardon.

Peut-être, errant à l'aventure,

Sous le hangar d'une masure,

Dévorent-elles un morceau
De pain durci trempé dans l'eau !

Laissons-les donc, sur d'autres rives,
Faire entendre leurs voix plaintives ;
Et puis, qu'à force de regrets,
Elles y puissent vivre en paix.

Mais tous les enfants de la ville
Firent cette chanson hostile,
Qu'ils redisaient à l'unisson :

Elles avaient une maison,
Et l'orpheline en fut bannie,
Et la maison fut engloutie.

Les rochers ouvrirent leurs flancs,
D'où s'échappèrent les torrents ;
L'ouragan brisa le vieux chêne,
Un déluge couvrit la plaine,
Les coteaux furent secoués,
Et les agneaux furent noyés.

Mais, bien avant cette tempête,
O bergère que l'on regrette,
Jeune fille aux regards touchants,
De la maison de tes parents,
Où le vieillard t'avait laissée,
Un soir d'hiver **TU FUS CHASSÉE** !

On dirait que c'est un palais
Qu'on a dressé dans les bosquets,
Cette maison fraîche et riante,
Que la charmille complaisante
Découvre à vos regards surpris.

La maîtresse de ce logis,
Que l'on menait en équipage,
A rencontré sur son passage
Deux pauvres vieilles en haillons
Qui s'appuyaient sur des bâtons.
Ce sont les sœurs infortunées
Qui se courbent sous les années,
Et n'ont plus que des pas tardifs
Et des regrets toujours plus vifs
Que la mémoire renouvelle.

La voyageuse les appelle :
Que faites-vous sur ce chemin ?
Vous allez donc tendre la main.
Mais c'est à moi d'être l'hôtesse
Du malheur et de la vieillesse.
Je revendique cet honneur,
Il m'a toujours porté bonheur !

En effet, sous son patronage,
Sont les pauvres de son village ;
Elle est riche, elle a bien de l'or,
Mais sa bonté vaut mieux encor.

Cette personne généreuse
N'a pas été toujours heureuse :
Elle vint d'un hameau lointain
Dans ce pays chercher son pain.
Une dame sexagénaire
Lui donna les soins d'une mère,
Et lui laissa par testament
Ce magnifique ténement.

Revenons aux deux étrangères :
Déjà quelques soins salutaires
Leur ont procuré ce repos
Qui suspend et calme les maux.
Mais ce repos passe bien vite
Lorsque c'est l'âme qui s'agite,
Et c'était l'âme qui souffrait :
Un souvenir la dévorait !

Vous, si bonne, s'écriaient-elles,
Et nous qui fûmes si cruelles !
Nous la chassâmes vers le soir,
C'était l'hiver, il faisait noir ;
Nous lui fermâmes notre porte,
Nous sommes cause qu'elle est morte !
Voilà pourquoi nous souffrons tant !

Non, c'est elle qui vous entend ;
C'est l'orpheline délaissée,
C'est la vertu récompensée,

C'est une bergère des bois ;
Elle est simple comme autrefois.

— Vos pleurs, dit-elle, me font peine ;
Je n'ai jamais connu la haine ;
On dit qu'elle a trop de tourments
Et cause trop d'égarements
Aux malheureux qu'elle calcine.
Je suis cette pauvre cousine
Qui menait paître les agneaux
Sur le penchant de vos coteaux,
Qui vous retrouve et qui vous aime.

— Oh ! se peut-il ? — Oui, c'est moi-même !
Où nous cacher ? — C'est dans mes bras.

— Ce crime ! — Il ne m'en souvient pas,
Et sous vos larmes il s'efface.

— Ah ! que le remords est vivace !
Dans notre âme qu'il est amer !
Il y pèse comme du fer !

Mais Dieu, dans sa grâce infinie,
N'est jamais sourd quand on le prie ;
Et, dans ces cœurs si repentants,
La paix revint avec le temps.
Puis, bien souvent cette pensée :
Et pourtant NOUS L'AVIONS CHASSÉE !

AVIS

AUX ENFANTS TÉMÉRAIRES.

Le vent jouait dans les ombrelles
De ces folâtres demoiselles
Qui, dans leur huitième printemps,
Couraient ensemble dans les champs.
Elles couraient, émerveillées
De ces collines émaillées,
Et méprisaient tous ces buis nains
Inféodés dans les jardins ;
Ces buis qu'épargnent les gelées,
Et qui, sur les bords des allées,
Servent de frange aux linceuls gris
Dont les hivers font leurs tapis.

C'était dans la saison fleurie :
Le rideau vert de la prairie
De boutons d'or se parsemait ;
Et la pelouse s'embaumait
Du thym modeste et solitaire
Qu'elle avait pris pour locataire.

9

Plus marchaient ces pauvres enfants,
Plus les espaces étaient grands.
La forêt déplissait sa marge,
La terre se faisait plus large,
Les campagnes se dévoilaient,
Et ces touristes s'écriaient :

A quoi bon ces maisons de pierres
Où l'on nous retient prisonnières ?
Nos parents ont de tristes goûts
Avec leurs portes, leurs verroux,
Et des volets à leurs fenêtres,
Tandis que dans ces lieux champêtres
Ils trouveraient assurément
Un plus commode logement.

Pour un serin qui, dans sa cage,
Est avare de son ramage,
On en a mille dans ces bois,
Et qui chantent tous à la fois.
Oui, tout ici charme la vie :
Verdure, espace et mélodie !
On a l'ombre dans les bosquets,
Des fleurs pour faire des bouquets,
Et de l'abri sous le feuillage !

Déclarons donc avec courage,
A la bonne qui nous conduit,
Que nous voulons jusqu'à la nuit

Nous promener dans ces bruyères.

Taisez-vous, enfants téméraires !
Retirez-vous avant le soir ;
N'attendez pas qu'il fasse noir.
Cette atmosphère bouillonnante
Avertit votre gouvernante
Qu'en toute hâte il faut partir.
N'allez pas lui désobéir ;
Et, pour regagner votre gîte,
Mettez-vous en marche au plus vîte.

Mais non, hélas ! il est trop tard.
Abritez-vous sous ce hangar.
Il est trop tard, car les nuages
Sont déchirés par les orages,
Et le fracas des éléments
A couvert les mugissements
Que la forêt faisait entendre.
Le ciel menace de se fendre,
Et, sans relâche, les éclairs
Emplissent la terre et les airs
De ténèbres éblouissantes
Et de lumières aveuglantes.

Mais la pluie arrivant à flots
A mis un terme à ce cahos.
La tempête s'en est allée,
Et la forêt échevelée

A secoué ses vêtements,
Et la robe de diamants
Dont la campagne était parée,
Et que la grêle a macérée,
Reprendra son éclat vermeil
Sous les caresses du soleil;
Et l'on remarque avec surprise
Qu'il ne reste de cette crise :
Que de l'eau que la terre boit,
Un ciel obscur et du vent froid.

Et ces filles si raisonneuses,
Et qui faisaient tant les causeuses,
Dans leur cachette grelottaient,
Versaient des pleurs et s'inondaient
Sous les gouttières ruisselantes.

Et voilà qu'humbles et tremblantes,
De leur bonne cherchant la main,
Elles se disent en chemin :
Que tout n'est pas couleur de rose
Dans ce tableau si grandiose
Que la campagne offre aux regards,
Et que la pluie et les brouillards
Ne sont pas choses agréables;
Que, dans ces temps abominables,
Les vieux parents avaient raison
De s'enfermer dans leur maison.

LE BOUQUET DE LILAS.

—

Quand la tempête a vomi ses grelons,
Et qu'au matin le jour qui luit à peine
Vous fait voir les épis dont regorgeait la plaine,
Couchés sur les sillons,
Infortunés, le chagrin vous dévore !
Mais elle en eut peut-être plus encore
Cette enfant qui jouait sur les tapis soyeux
Dont les laquais écartaient la poussière,
Lorsque sur le panier qu'apportait la laitière,
Un certain jour elle jeta les yeux :
C'était pour elle une grande merveille
Qu'un rameau de lilas flottant sur la corbeille !
Elle veut, elle obtient ce bouquet si vermeil ;
Et comme il est humide de rosée,
Elle le met sur la croisée
Pour qu'il puisse sécher aux rayons du soleil.
Une fleur tombe, et l'enfant la ramasse,
Et sur sa tige la replace ;
Mais déjà ce bouquet a perdu tant de fleurs,
Que cette enfant pâlit, et, retenant ses pleurs,

D'un regard suppliant interroge sa mère.....
Pourtant, quand vient le soir, elle fait sa prière,
Et puis elle s'endort jusques au lendemain.

Ah ! qu'il est déchirant son réveil du matin !
Elle croyait que ces fleurs étaient nées
Pour vivre de longues années ;
Et toutes sont à terre..... un meuble en est couvert.
Oh ! non, hélas ! plus rien !..... et le brin est désert !.....

Dans la surprise et le silence,
Elle promène ses regards
Sur ces débris épars,
Et puis viennent les pleurs ; mais ces pleurs de l'enfance,
Sur le sein maternel, vont bientôt se tarir.

L'enfant, plus tard, gardait ce souvenir,
Et souriait à ces traits du jeune âge ;
Et lorsque dans le monde elle fit son passage,
Parfois elle songeait, hélas !
Que tout ce bruit que l'on fait dans la vie,
Que ces biens de la terre auxquels on sacrifie,
Sont pour nous bien souvent le bouquet de lilas !

L'ENFANT CHARITABLE.

Dans une hutte solitaire,
Dont la charpente séculaire
N'a, pour couvrir ses soliveaux,
Que quelques tuiles en lambeaux,
Logeait la vieille du village :
C'est le surnom que son grand âge
Lui fit donner, depuis long-temps,
Par les voisins compatissants
Qui l'assistaient toute l'année.
On la voyait, environnée
Des petits enfants du hameau,
S'asseoir, quand le temps était beau,
Sur une pierre raboteuse
Dont une mousse officieuse
Enveloppait la vétusté.
C'est sur ce siège velouté
Qu'une fille à l'humeur riante
Causait avec la mendiante.
Disons ce naïf entretien :
Oh ! oui, j'ai perdu mon soutien,

Mon fils est mort, et, sur la terre,
Je n'ai plus rien que la misère,
Et l'assistance des bons cœurs
Qui sont touchés de mes malheurs.

Vous même, ô fille généreuse,
Me donnez, d'une âme joyeuse,
Et des gâteaux et des bouquets,
Sans témoigner aucuns regrets.
Si jeune encor, cela m'étonne !
— Oh ! non, pas si jeune, ma bonne !
Car, à la fin de ce printemps,
Je vais entrer dans mes six ans.
Aussi, quand mon père m'appelle,
Il me nomme mademoiselle,
Il me respecte et me dit vous
Lorsque je casse des joujoux,
Ou que, par malheur, je déchire
L'alphabet où l'on me fait lire.

Mais le jour baisse, il se fait tard,
Voici l'heure de mon départ.

Je vois toujours dans ta masure
Un vieux grabat sans couverture,
Sans rideaux et sans matelas.
Qu'il fait froid dans ton galetas !
Cet hiver, tu vas prendre un rhume.
Achette donc un lit de plume,

Un lit bien chaud, enfin un lit.

— Mais avec quoi, moi sans crédit,
Voulez-vous donc que je l'achette ?

— Avec l'argent de ma cassette.

Il est à moi, c'est mon trésor,
Dans quelque temps j'aurai de l'or.

— Vous avez ? — Une pièce blanche,
Et j'aurai l'autre avant dimanche.

Dans mon tiroir, sur plusieurs rangs,
Sont les centimes et les francs ;
On dit qu'ainsi cela se nomme.

J'en ai pour une grosse somme.

Mon père, qui sait bien compter,
Dit que cela peut se monter
A deux francs quatre-vingts centimes.

— Ah ! ces trésors sont bien minimes.

Pour cette emplette, sachez bien
Que votre argent c'est presque rien.

— Rien ? parfois, j'en ai les mains pleines !

Puis, à valoir sur les étrennes
Que je dois toucher l'an prochain,
D'un à-compte je vais demain
Faire la demande à ma mère,
Qui fera droit à ma prière.

Et cette mère l'écoutait !
La mendiante le savait ;

Elle était dans la confidence :
Et le lecteur prévoit, je pense,
Que désormais elle eut son pain
Et n'alla plus tendre la main.

LE SOLITAIRE.

Pourquoi donc fuir ton père et ta patrie ?
Dis-moi, jeune insensé,
Se peut-il qu'à vingt ans on ait le cœur glacé ?
Il en est temps encor, l'âme n'est pas flétrie !
Ne vas pas nous voiler ta première saison ;
Et, dans la coupe d'or, te verser le poison !
Ah ! viens sécher les larmes de ton père,
Sur sa douleur étendre un peu de miel ;
Les rêves sont plus doux sous l'arbre solitaire,
Et le ciel du pays est toujours un beau ciel !

Mais il part, il s'en va courir à l'aventure ;
Tu pleures, bon vieillard, sur ce fils égaré !
Et lui, l'ingrat, sais-tu s'il a pleuré ?

Il ne veut plus de cette vie obscure

Où l'amitié l'attendait au réveil
Pour saluer le retour du soleil ;
Où les oiseaux venaient sur sa fenêtre
Le réjouir du concert matinal ;
Où les amis du toit patriarcal
Se rassemblaient pour le dîner champêtre,
Que bien souvent, dans les beaux jours d'été,
Sous la tonnelle on avait apprêté.

Il vous dira qu'au foyer domestique,
Ces longs récits que les graves parents
Font succéder au grand souper classique,
Sont des jouéts qui bercent les enfants.

Gardez, vous dira-t-il, vos vers et votre prose ;
J'irai dans ces salons où l'esprit se repose,
De chants harmonieux alimenter mes sens,
Ou bien, comme un muet, me joindre aux assistants ;
Et si parfois l'éclat d'une touche hardie,
Si de tendres accords la douce mélodie,
Où l'artiste a mêlé les merveilles du son
Aux applaudissements dont il fait la moisson,
A ma profane oreille infligeaient le martyre,
Je saurais, copiant le geste et le sourire
Du faux admirateur qui cache son ennui,
Applaudir en baillant tout aussi bien que lui.

Ainsi, je n'irai pas, pour chercher la lumière,
De vos auteurs vieillis remuer la poussière ;
J'aurai pour m'éclairer des flambeaux plus riants,
Et dans l'art de briller des maîtres plus savants.

Ah ! ne suis pas, je t'en supplie,
Les étendards de la folie !
Tu vas sombrer dans le chaos !
Sur tes beaux jours la perfide mollesse
Va secouer tous ses pavots,
Et les songes menteurs vont bercer ta jeunesse !

C'est de sa voix d'ami que le vieux précepteur
S'écrie : oh ! revenez ; fuyez votre malheur !
N'allez pas dissiper les biens de votre mère ;
Et surtout n'allez pas, dans un monde éphémère,
Quand vous ne saurez plus vous taire ni parler,
Apprendre le métier de faire circuler
Cet esprit vaporeux qui se volatilise,
Et contre le bon sens et se heurte et se brise,
Et vous jette en mourant sa rapide lueur,
Qui peut-être n'était qu'un éclat imposteur
Des fleurs que dans la boue il avait ramassées.
Ne vous nourrissez pas de ces lourdes pensées

Écloses dans le fond des cerveaux les plus creux.

Hélas ! vous nous fuyez ! croyez-vous trouver mieux ?

Voulez-vous le tableau d'une folle soirée ?

Eh bien ! c'est la saillie à loisir préparée :

C'est le récit glacé du maussade conteur ;

C'est l'homme désœuvré qui se fait l'éditeur

Des chroniques du jour que l'on sait dans la rue ;

Et c'est l'homme d'esprit qui, loin de la cohue,

Dans un coin de la salle et se cache et se tait.

Et voilà les plaisirs dont l'oisif se repaît !

Et de ses passe-temps ce sont des épisodes

Que la mode a pris soin d'inscrire dans ses codes.

Voulez-vous que, pour mieux ébaucher le tableau,

Nous laissions un peu plus courir notre pinceau ?

Je le veux ; poursuivons : gourmets et parasites

Forceront votre orgueil d'acheter leurs visites ;

Fabriquant les bons mots pour payer vos repas,

Et flairant le parfum de vos mets délicats,

Les grands viendront s'asseoir à la table du riche ;

Ils vont vous ennivrer d'une gloire postiche ;

Vous pourrez devenir le maître et le plastron,

Et le restaurateur et le premier garçon

Des oisifs qui chez vous auront pris domicile ;

Peut-être il vous sera quelquefois difficile

De faire souvenir ces êtres oublieux

Que lorsqu'ils sont chez vous ils ne sont pas chez eux.

Et puis, mon pauvre ami, je vous le dis d'avance,
Vos flatteurs sauront bien, dans la même balance,
Pour arriver au pair, peser tout à la fois
Leur encens et votre or, sans se tromper de poids.

———

Il est parti ! voyez-le dans la foule
　　Qui le ballotte et qui le roule ;
Je vais vous le montrer sur des échantillons.
Dans les cercles brillants que la mode a fait naître,
　　Venez le voir, silence ! il va paraître :

A peine assis, ce héros des salons
　　Accompagne en cadence
　　Le léger craquement
　　Du fauteuil qu'il balance,
　　Et l'applaudissement
　　Que son regard mendie
　　Rend sa pause hardie
　　Et son esprit frondeur ;
　　Et si du vieux penseur
　　Le discours l'embarrasse,
　　Il fredonne à voix basse,
　　Agite de sa main
　　La cage du serin.

Inscrit sur ses tablettes
L'adresse des marchands
Qui vous vendirent ces écrans,
Où lui seul a trouvé des nuances parfaites :
Il vante ses chevaux,
Ses chevaux que jamais il ne monta peut-être.
Il vous quitte à regret, mais ses amis nouveaux,
Dont il est à la fois le caissier et le maître,
L'attendent ce soir même, au sortir du concert,
Pour avoir son avis sur un vin de dessert.

———

Tandis que votre père et vous cherche et vous pleure,
Enfant vous emplissez votre riche demeure
De cristal et de bronze et de fleurs du printemps ;
Vos habits sont soyeux, vos meubles sont brillants ;
Mais vos yeux sont cavés, votre face est débile ;
Dans l'ouate emballé comme un verre fragile,
Vous vous engourdissez dans un large fauteuil
Qu'au hameau l'on prendrait pour un demi-cercueil ;
Et vos appartements sont des prisons dorées,
Où, tout le long du jour, les fenêtres murées
Repoussent du soleil les rayons indiscrets ;
Ces murs sont des rideaux dont le soir un air frais

Agite mollement les formes nonchalantes ;
Ils sont faits d'une gaze aux franges odulantes,
Et qui sert de miroir à l'éclatant satin,
Où, selon vos désirs, la fleur d'or étincelle,
Où semble se poser le plus hardi dessin,
Comme le papillon sur la rose nouvelle.

    Mais à vos jours d'ennui si lourds à supporter,
Comme un fardeau de plomb va venir s'ajouter
La nuit, gardant pour vous ses heures d'insomnie,
Et non ce gros sommeil qui raffraîchit la vie,
Qu'une aube commença, qu'une aube doit finir.

    Vos membres délicats iront s'ensevelir
Au fond de ce duvet qu'inventa la mollesse ;
Et si votre paupière à la longue s'abaisse,
Peut-être vous allez cent fois vous réveiller,
Et de votre malaise accuser l'oreiller.

    Les vins les plus exquis coulent dans votre verre ;
Vous avez les secrets de cet art culinaire
Qui de tous vos repas fait de riches festins,
Et l'on garde pour vous la primeur des jardins,
Et rien ne peut flatter votre palais hostile.
Ah ! c'est que l'appétit, quand on le veut docile,
Doit être réveillé par la sobriété,
Autrement il s'endort comme un enfant gâté ;
C'est que le goût s'émousse, et que l'ennui nous gagne
A voir toujours sauter le bouchon du champagne,

Et qu'on jette à la longue un regard négligent
Sur le moka versé dans la tasse d'argent.

Jeune homme, arrêtez-vous, regardez en arrière !
Et ces plaisirs trompeurs sont-ils donc éternels ?
Et quand reviendrez-vous sous les toits paternels ?
Il se peut que là-bas, au bout de sa carrière,
Votre père se traîne et qu'il ne marche plus !
Enfant, brisez vos fers, pleurez vos jours perdus,
C'est un père mourant que son fils abandonne ;
Peut-être qu'il maudit, peut-être qu'il pardonne !
Allez, jeune imprudent, allez à ses genoux,
Et qu'un regard de paix puisse tomber sur vous !

——

Dès qu'ils ont aperçu le vide de vos caisses,
Ils ont fui, les ingrats, comblés de vos largesses,
Et vous avez perdu le masque des honneurs,
Comme on perd au réveil tous les songes trompeurs.
D'une gloire d'emprunt s'échappe la fumée
Aussi rapidement qu'elle s'était formée ;
Un mirage perfide abusait de vos sens,
Et les amis d'un jour n'étaient que des passants.

Les souvenirs amers reprennent leur puissance ;
Vous les avez cru morts, ils n'étaient qu'endormis.

Ah ! retournez aux lieux de votre enfance,
C'est là que sont les vrais amis.

Et voilà qu'il reprend le chemin du village.
Mais là, plus rien pour charmer le voyage :
Tout a pris la couleur des plus pâles hivers,
Partout le calme des déserts !
Des arbres dépouillés et des feuilles gelées
Que les sabots du pâtre à la longue ont pilées.
On voit de loin en loin des huttes de pasteurs.
Et puis là-bas, sur ces hauteurs,
On dirait suspendu sur la rive éternelle
Un vieillard fatigué dont la marche chancelle.

Le fugitif va donc respirer l'air natal ;
Et, dans son cœur qui se ranime,
S'est réveillé le cri de l'amour filial,
Ce cri que la nature a rendu si sublime !

Il a revu, dans cet heureux séjour,
Le chêne antique aux branches en arcade,
Où s'abritaient les bergers d'alentour ;
Il a revu ses jeunes camarades
Et le vieux précepteur qui le moralisait.
Tu retrouves donc tout ? Non, ton cœur se déchire !
Mais du bon père aussi tout le cœur se brisait.....
Alors qu'aux jours de ton délire

Tu fuyais ses embrassements !
Il a quitté depuis long-temps
Ces lieux qui rappelaient ton image chérie !
Et l'on n'a pu savoir si, sur des bords lointains,
Il est allé, dévoré de chagrins,
Remettre à Dieu son âme recueillie,
Ou si, nous déguisant ses traits,
Il s'est logé dans les forêts.
Mais vas sur les rochers qui dominent ces plaines,
C'est là qu'un solitaire adoucira tes peines ;
Il t'apprendra comme l'on doit souffrir,
Et comme on doit vivre et mourir !

———

Si vous suivez les routes sinueuses
De ces montagnes sourcilleuses,
Où la neige à son gré défait ses pelotons
Pour faire des tapis que percent les buissons,
Vous verrez la nature et plus âpre et plus fière,
Elle est encore là dans sa beauté première.
On croit voir ces rocs entassés,
Dépliant leurs flancs hérissés,
Se faire un piédestal des humides vallées
Où vivent à l'écart ces plantes isolées

Que la faux des humains négligea de faucher.

  C'est là, dans un creux de rocher

Où le vent a jeté des feuilles desséchées,

  Que quelques branches détachées

Meublent un logement que retrouve toujours,

A l'aide du bâton qui lui prête secours,

  Un bon vieillard de qui la vue,

Dans des torrents de pleurs, s'est noyée et perdue.

  Et, sur le seuil hospitalier,

  On voit toujours l'humble panier

Où quelques pélerins, surpris par les orages,

  Sont venus déposer leurs dons,

  Et que les pâtres des bocages

  Ont entouré de leurs festons.

  Je viens du fond de ces campagnes,

Dit le fils repentant au sage des montagnes,

Je viens dans votre sein déposer mes secrets.

—Entrez, dit le vieillard, dans cette humble retraite,

  Venez offrir vos vœux et vos regrets

  A Dieu qui calme la tempête,

  Lui seul pourra vous consoler !

Je ne saurais vous voir, mais je puis vous parler.

—Et moi je cherche en vain à voir votre figure,

Respectable vieillard, la nuit est trop obscure.

—Sans doute, la lumière est un suprême bien ;

Mais à moi, pauvre aveugle, elle ne sert de rien.

— Vos traits me sont cachés, mais votre voix est tendre.

— Et la vôtre, mon fils, je me plais à l'entendre.

— Eh bien ! de mes erreurs, écoutez le récit :

    Il écoute, le bon hermite,

Et bientôt il frisonne, il sanglote, il s'agite.....

    Et l'on dirait que la mort le saisit.....

Mais le prêtre est venu, selon son habitude,

    Parler de Dieu dans cette solitude ;

Du vieil anachorète il sait tous les malheurs.

    Et ce vieillard, qui s'éteint dans les pleurs,

    N'a rien perdu de son pieux courage !

On l'emmène, on l'emporte au fond de l'hermitage.....

    Et puis, hélas ! tout est fini !

Il est mort ce chrétien qui vécut dans les larmes ;

    Le fils ingrat qui causa ses alarmes,

    Il lui pardonne, il l'a béni.

De cet homme de bien, honorez la mémoire !

Je vais, dit le pasteur, vous dire son histoire.

Et l'étranger frémit ! puis il s'écrie : hélas !

C'est mon père... mais mort... et mort... là... dans mes bras !...

    Enfin, lorsqu'au vieillard le bon prêtre a fait rendre

      Tous les honneurs pieux,

    Et lorsqu'au cimetière on a couvert la cendre

      De cet homme religieux

A qui la foule rend hommage,
C'est dans cette grotte sauvage,
D'où le père vient de sortir,
Que le fils a voulu gémir ;
Il va prier comme son père,
Et remplacer LE SOLITAIRE.

LE DANGER DU SOUPÇON.

Au temps où les hivers, blanchissant les montagnes,
Venaient courber le front des riantes campagnes,
Reléguer les oiseaux dans les replis des murs,
Et donner à la nuit des voiles plus obscurs,
      Dans une maison de village,
         C'était l'antique usage
De venir tous les soirs se grouper au foyer,
Dût-on passer le temps à festonner la cendre.

Certain soir, à la porte, un bruit se fait entendre ;
C'étaient deux voyageurs. L'un d'eux de s'écrier :
      Eh bien ! est-on sourd ou malade ?
      Qu'on ouvre vite, ou j'escalade !

Eh ! quoi ! c'est vous ? Mon frère de retour !
— Et qui serait-ce donc ? — Ah ! pour moi quel beau jour !
— Pas trop beau ! jour d'hiver ; mais l'affaire importante
    C'est le souper, car la faim me tourmente !
        Et certes, si tu me revois,
        Tu le dois à ce vieux sournois,
        Cet homme à barbe noire,
        Qui ne sait ni rire ni boire,
        Mais qui lutte contre le flot
Avec tout le sang-froid d'un vaillant matelot !

Saches qu'en plein midi ton frère n'y voit goutte,
Qu'il n'a plus de boussole et qu'il fait fausse route ;
Qu'après vingt ans de gloire il aurait mérité
Que les mousses du bord l'eussent tous souffleté.

Bercé par le roulis, lorsque je me pavane,
Pour la première fois je perds la tramontane,
Moi qui grimpe à la hune et dors sur le hamac !
Et tandis que je vais, enveloppé de brume,
Régaler mes poumons du goudron que je hume,
Et pour chauffer mes pieds courir sur le tillac,
J'entends le porte-voix ! et l'on a crié : terre ;
Et, pour la saluer, quand je remplis mon verre,
Un câble de malheur que je n'aperçois pas
        Me fait faire, du haut en bas,

La pirouette et la culbute ;

Mais je tombe comme un plongeur.

En nageur je soutiens la lutte,

Je capitule avec honneur ;

Je n'avale pas d'eau, mais c'est l'eau qui m'avale,

Et je descends à fond de cale.

Et je vais comme un sot, moi l'honneur des marins,

Payer ma bienvenue au pays des requins,

Lorsque cet homme à la figure sombre,

Et qui me suit comme il suivrait son ombre,

Plonge, et glisse comme un radeau,

Et me hale vers le vaisseau.

L'équipage me hisse, et moi, vieux capitaine,

Je me pose debout comme un mât de misaine,

Pour que l'on sache bien que je n'ai pas eu peur.

Et voilà mon pilote et mon libérateur !

Ce pilote on l'accueille, on le fête à la ronde,

Et puis enfin on soupe, et le souper abonde

D'anecdotes et de refrains,

De bonne chère et de bons vins.

Mon frère, il est donc vrai que ce jeune insulaire

Fut indigne de vos bienfaits,

Vous me l'avez écrit. — Et j'eus tort de le faire !

Eh ! ne dirait-on pas qu'ils le font tous exprès !

L'un a sauvé mes jours, c'est ce vieillard morose

Qui me fait la remorque et tient sa bouche close ;

Et l'autre, quand il voit que mon verre est bien plein,
Impitoyablement réveille mon chagrin.
Et je suis bien tenté, pour souper sans entrave,
D'aller, loin des fâcheux, m'enfermer dans la cave,
Et là me bien lester en présence des rats
Qui savent mieux que vous comme on fait un repas,
Et sabler à mon gré ce champagne qui mousse,
Et que je bois ici comme un marin d'eau douce.
D'ailleurs, sachez que moi, dont l'estomac de roc
A passé soixante ans à s'inonder de grog,
Je trouve vos soupers prétentieux et fades,
Et l'on vous prendrait tous pour des garde-malades.

Vous ne dites plus rien, et je retrouve au port
Le calme plat après un vent contraire ;
Allons, gazouillez donc ou je retourne à bord.
Vous vous taisez ! suis-je donc en colère ?
Non, c'est que moi je me sers rarement
De ces mots doucereux que vous passez au crible ;
Mais je vais rappeler un souvenir pénible,
Et faire le récit de cet événement.

J'ai vécu sur les mers, et ma vie est bien pleine ;
Je partis simple mousse et revins capitaine.
Mais moi, qui parcourus presque le monde entier,
J'ai besoin de radoub ; vieilli dans mon métier

Je m'aperçois qu'abîmé par les frasques
Que j'endurai dans les bourrasques,
Il me faut mettre en panne, et je me fais colon,
Et c'est alors que moi, sensible et bon,
Je reçus dans mon domicile
Un orphelin qui n'avait pas d'asile,
C'était un pauvre enfant bien humble, bien soumis,
Et qui prenait pour lois mes plus simples avis.

Un jour, mon vieux portrait, qui n'est ni beau ni ric
Et que dans un grenier avec joie il déniche,
De cet enfant naïf attire le regard,
Je le lui donne, et je dirai sans fard
Que j'étais vain de cette fantaisie.
Voudrait-il tant de la copie
S'il n'estimait l'original ?

Mais cet enfant devenait matinal ;
Il louvoyait, il fuyait ma rencontre ;
A l'improviste il décrochait ma montre,
Et se plaisait à la faire sonner ;
On eût dit que pour lui c'était une merveille
Qu'il dévorait des yeux et de l'oreille.
Je commençais à m'étonner
Que, peu faite à cet exercice,
Ma montre ne fût pas déjà hors de service.

Mais elle dut bientôt déménager ;

On la porta chez l'horloger.

L'enfant chargé de ce message

Mit bien du temps à faire son voyage,

Et vint en rougissant me dire vers le soir

Qu'il avait sommeillé sur un pré du manoir,

Et que ma montre était perdue.

— Non, dis plutôt qu'elle est vendue !

Et le soupçon venait, comme un subtil poison,

De s'infiltrer dans ma raison !

Je porte dans mon cœur la grâce du coupable,

Et ma tête de fer me rend impitoyable !

Je n'écoute plus rien : dans ma sotte fureur

Je le chassai la nuit comme on chasse un voleur ;

Et, pour mieux oublier cette montre funeste,

Je pile sous mes pieds la montre qui me reste.

Et tous les cauchemars se sont donnés la main

Pour venir m'étouffer jusques au lendemain.

Je rêve qu'à cheval sur un frêle cordage,

Je poursuis le rocher qui me cache la plage.

Et si le vent fait craquer le lambris,

Ou si, de ma croisée, il frôle le châssis,

Je me réveille et je m'élance,

Et je reprends mon espérance,

Et je cours au dehors

Pour chercher ma victime et réparer mes torts.

Oui, mes torts, car enfin, lorsqu'il se justifie,
Pourquoi sur cet enfant verser la calomnie ?
Parce que, sur son front, j'ai vu quelque rougeur ?
Eh ! mais mon front plissé rougit à faire peur !
Ce n'était qu'une montre, et moi qui fais tapage,
J'ai bien perdu ma gourde à mon premier voyage !
  Moi, doux comme un mouton, je ne fus qu'un brutal.
Abrégeons ce récit, il me fait trop de mal !

  Cependant vous saurez que, dans cette tourmente,
Je marche sans savoir le chemin que j'arpente ;
Lorsque j'accuse encor, tout en faisant mon quart,
Mon aube du matin de se lever trop tard,
Le soleil se fait vieux, et mon attente est vaine ;
    Le jour suivant et toute la semaine,
    Je parcours l'île et furette partout,
    Et jour et nuit je suis toujours debout,
    Comme un enfant je pleure et je trépigne,
    Moi qui, vingt fois, ai traversé la ligne !

  Pourtant mon jeu d'échecs, qu'à la fin je repris,
Ma bouteille de rum et quelques vieux amis,
Que j'avais pour voisins dans cette colonie,
Firent diversion à ma mélancolie.
  Mais ce calme trompeur, c'est le calme des flots,
Je ne sais quel génie en veut à mon repos.

Et tel qu'un vieux canot allant à la dérive,

    Je suis battu par tous les vents.

Au bout de quelques mois une lettre m'arrive :

Elle est d'un vieux marin qui, pour quelques instants,

      Fit une halte dans notre île.

      Il m'écrit qu'en quittant mon asile

Il aperçut ma montre endormie au soleil,

A côté d'un enfant plongé dans le sommeil.

Qui, pour mieux la régler, attendait les étoiles ;

     Que du vaisseau s'enflaient les voiles,

     Qu'il fallait monter et partir,

Et qu'il était trop tard pour me faire avertir ;

Qu'il viendra m'apporter la montre paresseuse,

Et qu'il me la rendra plus sage et moins dormeuse.

Oh ! oui, pour me railler, le temps est bien choisi !

Mais vous ne dites rien, chassez-moi donc d'ici !

Vous trinquez avec moi, je n'en vaux pas la peine,

Et je suis tout au plus un ours à face humaine.

Cependant, un beau jour, je me mis à songer

Que, pour mieux me guérir, il fallait voyager ;

Et je voyage donc, mais enfin je me lasse.

De mon vieil océan il faut me séparer !

    Virons de bord, encore cette passe,

Et cinglons vers la rade où nous devons ancrer ;

Car, sans ménagement, ma goutte et mon catharre

M'avertissent assez qu'il est temps que j'amarre.

J'ai puni l'innocent ; si lui, pour me punir,
M'avait joué le tour de se laisser mourir !

Pardon si j'ai pleuré, pardon, mon camarade,
Si j'ai trop négligé de vous verser rasade.
Buvez à ma santé, soyez en belle humeur !
Je crois, le vieux malin, qu'il vient de faire un somme.
Je ne puis pas savoir qui vous êtes, brave homme,
Mais je puis affirmer que vous avez du cœur !

Celui-ci, détachant et barbe et chevelure,
Lui répondit de sa voix douce et pure :
Je suis l'enfant nourri par votre charité.
Regardez ce portait, il ne m'a pas quitté.
Ce portrait, qui pourra me faire reconnaître,
Vous me l'avez donné, n'est-ce pas, mon cher maître ?

— Ton maître ? C'est bien toi qui dois être le mien !
Et notre bon vieillard de n'écouter plus rien,
De renverser chaises et table,
Et puis de s'écrier : je suis un misérable
Qu'on devrait ne nourrir que de biscuit et d'eau.

Et la joie et les pleurs complétaient le tableau !

Pourtant, cette nouvelle, il faut que je l'achève :
Tous étaient donc émus comme au sortir d'un rêve ;

De cette émotion chacun avait sa part,
Jusqu'aux petits enfants qui jouaient à l'écart.

Le jeune homme reprend, d'une voix attendrie,
O mon maître, écoutez : Dieu, que toujours je prie,
Et qui veut aujourd'hui récompenser ma foi,
Etait le seul témoin qui déposât pour moi.
Je sais bien que j'avais l'apparence du crime :
Et lorsque j'aurais dû me jeter dans vos bras,
Ma fuite me donnait tous les torts des ingrats,
Et je croyais marcher sur les bords d'un abîme ;
J'errai toute la nuit, et, vers le jour naissant,
Je n'osais soutenir les regards du passant.

Et lorsque je courais, côtoyant le rivage,
Quelques-uns des marins composant l'équipage
D'un navire étranger mouillé dans notre port,
M'engagent à monter à bord :
J'y monte, et, sur-le-champ, comme mousse on m'installe
Et l'on gagne le large. Adieu, terre natale !
Et quand je promenais mes timides regards,
Je me voyais au loin cerné de toutes parts ;
Et comme un faible point que me cachait la nue,
Dans ce monde nouveau notre île était perdue,
Et toujours cette mer au loin se dépliait,
Et toujours l'horizon devant moi s'enfuyait.

Tandis qu'au haut du mât il faut que je me perche,
Mon pauvre bienfaiteur, c'est là-bas qu'il me cherche !

Et cependant j'ai grandi depuis lors ;
Et je m'accoutumais à la mer en furie,
Et bientôt cette mer fut ma seule patrie,
Et mes bras devenaient plus forts,
Et mon esprit marchait plus vîte.
A cette mer si fière il est une limite,
Et quelque jour je saurai la franchir ;
Ce bienfaiteur je saurai le fléchir ;
C'est un homme de bien, sans fiel et sans rancune,
Et puis, son amitié, c'est toute ma fortune !
Il faudra m'acquitter des soins que je lui dois,
Et je sens que ma peine a perdu de son poids,
Et je trouve plus doux cet air que je respire !

Plus tard, j'ai débarqué sur des bords étrangers,
Et quand je suis venu rejoindre le navire,
Je vous ai reconnu parmi les passagers.

— Et dites-moi pourquoi ma pensée intrépide
Est en face de vous plus jeune et plus timide ?
Pourquoi plus que jamais tous mes sens sont émus ?
Je voulais tant parler, et je ne parle plus !

D'ailleurs, comment prouver mon innocence
Quand je n'avais que des pleurs pour défense ?
Un son de voix eût trahi mes secrets,
Je parlai peu, je déguisai mes traits.

Il vous souvient du câble... — Oh ! certes, je t'assure
Qu'il me souvient de l'aventure !
Et toi, dans ce récit, tu m'as trop épargné ;
Je voulais me fâcher, et les pleurs m'ont gagné.
Mais il pleure, en effet, et de joie il suffoque ;
Puis, il reprend de sa voix rauque :
On se dira : ce brave a donc pleuré ?
Il a pleuré ? C'est bien possible.
Il a le cœur fier et sensible !
Et ce cœur là ne peut plus te trahir,
Je t'en fais la promesse.
Le frère et moi nous saurons te chérir ;
Sois notre bâton de vieillesse.
Et pour parler de mes exploits,
Au lieu de deux nous serons trois.

Mon frère est vieux, je suis célibataire,
Et tous deux nous allons appeler le notaire,
Et te laisser nos biens par testament.
C'est toi qui vas, dès ce moment,
Être le chef de la famille.

Quand vous formez un tel dessein,
Mon frère, y pensez-vous ? Vous oubliez ma fille !
— Ta fille ? Oh ! oui, moi qui suis son parrain,
Je l'oubliais ; qu'avais-je donc en tête ?

11

Ta fille ! où donc est-elle ? — A son pensionnat.

— Vas la chercher, et faisons double fête.

Je la marie, et le contrat

Se passera dans la soirée ;

Et je veux, sans perdre de temps,

Que dimanche prochain on proclame les bans.

Ton gendre, le voilà ; sa dot est assurée.

Je donne tous mes biens, à partir d'aujourd'hui,

A l'homme qui savait tous mes torts envers lui,

Et qui, pour s'en venger, m'a sauvé du naufrage.

Et le bonhomme allant son train,

Ainsi baclait un mariage.

Mais ces accords est-il certain

Que la nièce les ratifie ?

Oui, le vieil oncle a vu sa volonté suivie.

Cependant, les apprêts furent un peu plus lents ;

On attendit cinq ou six ans.

Et, lorsque vint le jour des noces,

L'oncle marchait avec des crosses.

Au haut bout de la table, on plaça son couvert ;

Et ce vieillard voulut, à la fin du dessert,

Faire encor le récit de cette historiette.

Depuis, dans le village, alors qu'on la répète,

On ne manque jamais de dire avec raison :

Voyez pourtant LE DANGER DU SOUPÇON !

LA BOUQUETIÈRE.

C'est dans un langage hautain
Que certaine dame un peu fière
Dit à sa vieille bouquetière
De revenir chaque matin.
Elle revient, la bonne vieille ;
Elle étale dans sa corbeille
De frais bouquets entourés des rubans
Que lui fournit l'herbe des champs.

Mais cette grande dame exhibe un catalogue
Où le camellia, dans l'éclat de sa vogue,
Est suivi d'autres noms que de bons villageois
Entendraient prononcer pour la première fois,
Et prescrit l'ordre à la vieille fleuriste
De cultiver les fleurs qui sont sur cette liste.
Oui, lui dit-elle, il faut que vos assortiments
Soient ainsi que la mode aujourd'hui les indique ;
Dans une Flore moins antique
Je veux que vous puisiez d'autres enseignements.

Cependant, ses bouquets, elle a qui les achette
Cette marchande en gros sabots.
En parcourant les maisons des hameaux,
D'une somme assez ronde elle fait la recette,
Et l'estime des habitants
Lui revient comme un droit acquis depuis long-temps.

Ces faits sont ignorés de la dame hautaine,
Car, depuis peu de jours, elle est sur le domaine
Que son époux vient d'acheter.
Étrangère à cette contrée,
A peine elle a fait son entrée
Dans la maison qu'elle vient habiter.
Mais si cette maison est moderne et brillante,
Celle qui l'avoisine est autrement saillante !
C'est un autre tableau qui frappe les regards,
Et ce tableau peut-être est plus fait pour les arts.

Là-bas, au fond de ces allées,
On peut voir les débris d'un riche pavillon
Et des murailles écroulées,
Et qui semblent encor dominer le vallon.
L'homme de bien qu'elles eurent pour maître
Était l'ami de la hutte champêtre,

Où lorsque la discorde agitait les esprits,

   On le prenait pour arbitre et pour juge ;

     De tous les pauvres du pays

     Sa maison était le refuge.

C'est là que l'on pouvait, sur les tapis lustrés,

Appuyer fortement de gros souliers ferrés.

    On était sûr de sa carte d'entrée,

Lorsque de l'indigence on portait la livrée.

   Mais les jours les plus beaux ont aussi leur déclin ;

Et c'est pour ramener la fortune volage

Que cet homme si bon se remit en chemin,

    Et sur les mers alla faire un voyage ;

Et tous les villageois voulaient le retenir,

    Tous accouraient pour le bénir.

Mais l'heure était sonnée : au tombeau de son père

Il va s'agenouiller pour faire sa prière ;

On eût dit ce soir-là que le soleil tardif

Attendait le départ du triste fugitif.

Pourtant l'étoile arrive, et la barque était prête,

Et l'on marche en silence, et la rive est muette ;

La voix tombe et s'éteint, et, sur le bord de l'eau,

Ce lamentable son que répète l'écho,

C'est l'adieu que vous fait une épouse qui prie :

Oui, votre épouse est là pieuse et recueillie ;

   Infortuné ! malgré ses pleurs touchants,

Vous vous rendez à bord, la cloche vous appelle,
Le flot bien mollement soulève la nacelle,

      Les rameurs ont perdu leurs chants !

Le fleuve est solitaire, et la nuit est profonde,
Le calme est dans les cieux, et le calme est sur l'onde,
Tout se tait dans les airs, c'est comme un grand sommeil !
Mais l'esquif n'attend pas le retour du soleil,
L'aviron le conduit sur l'onde frémissante,
Et le vent se réveille à l'aube renaissante ;
Et puis le jour finit, et tout se voile encor,
Et le soleil revient avec ses gerbes d'or,
Et l'on gagne la rive et la course est finie.

     Où vas-tu donc porter ta rêverie,
Timide voyageur, où vas-tu t'égarer ?

     Tu vas peut-être, en parcourant la cote,
Dans les flancs du rocher découvrir une grotte
Où l'on peut sans témoins et gémir et pleurer.

  Mais non, il s'en va joindre un navire en partance ;
Et d'ailleurs son épouse, et cette belle France,

     Il ne peut les abandonner !

    Lorsqu'il aura, sur les rives lointaines,
    Grossi son lot de bonheur ou de peines,
    Dans son pays il voudra retourner.

      Mais que fait sa pauvre compagne ?
     Elle gémit dans la campagne,

Et dit aux arbres des forêts

Et ses tourments et ses regrets !

Le malheur lui gardait une nouvelle épreuve :

L'époux ne revint pas ! il mourut ! Pauvre veuve !

Elle qui regorgeait de richesse et d'aïeux,

Elle qui semait l'or dans les temps de disettes,

Tous ses biens sont vendus pour acquitter ses dettes.

Elle n'a pour abri que la voûte des cieux !

Pourtant sa servante fidèle

Lui dit, dans l'ardeur de son zèle,

Pour vous je saurai mendier,

O descendante de mes maîtres !

Le ciel me garde d'oublier

Que je dois tout à vos ancêtres ;

Ils étaient si compatissants,

Que leur mémoire m'est bien chère !

Ils m'ont donné cette chaumière

Qui sert d'asile à mes vieux ans ;

Logez-y donc, illustre dame !

Je vous l'offre du fond de l'âme,

Et je me garde le plaisir,

Comme autrefois, de vous servir !

La dame se logea dans cette solitude ;
De cet humble manoir elle prit l'habitude.

La maisonnette est contiguë au pré
Que les buissons du voisinage
Depuis long-temps ont clôturé.

C'est ce pré qui fournit l'herbage
Que l'on donne à la vache en lui prenant son lait ;
Un jardin est au bout, c'est là que la servante
Récolte les produits dont elle fait la vente ;
Elle aime ce jardin, c'est elle qui l'a fait.

Il est paré de fleurs toute l'année,
Et chaque allée est couronnée
D'arcades où le pampre, aux jours de sa verdeur,
Livrant sa feuille au vent, vous décèle ou vous cache
Ces verjus qu'à la ville, à prix d'or, on s'arrache
Lorsqu'ils ont pris le nom de raisins de primeur.

De ces événements on garda la mémoire ;
A la dame hautaine on en fit le narré ;
Et lorsqu'il lui fut déclaré
Que de la bouquetière on lui disait l'histoire,
Son orgueil se soumit, et, dès le lendemain,
A cette pauvre vieille elle tendit la main,
En lui disant : venez, à vous je m'intéresse,
Et je veux aller voir votre bonne maîtresse.

— Ah ! vous pouvez vous épargner ce soin,

Vous la verrez sans aller loin,

Vous la voyez, et c'est moi-même.

—Quoi! madame, c'est vous? Ma surprise est extrême!

Vous, si modeste! avec tant de vertus!

C'est bien elle en effet, la servante n'est plus.

Cette servante octogénaire,

Qui survivait à ses parents,

Avait déjà depuis long-temps

Fait sa maîtresse légataire.

Et celle-ci, comme elle, eut le temps de vieillir.

Vous voyez que de cette nouvelle,

Une morale peut jaillir :

Tel qui du rang a descendu l'échelle,

A pu grandir dans le malheur.

Dans le panier du pauvre qui mendie,

Si vous portiez une main trop hardie,

Vous pourriez y froisser quelque titre d'honneur;

Car votre orgueil, dont la raison se joue,

Est sujet aux égarements,

Et ce qu'il prend pour de la boue,

C'est quelquefois le plus pur des ciments !

—o☾o—

UN POÈTE APPRÉCIÉ.

En vain il peut offrir sa plume et sa parole,
En vain son éloquence est de la bonne école,
    Il faudra bien que ce jeune orphelin
Se jette dans les bras de l'oncle débonnaire
    Qui lui tient lieu de tuteur et de père,
Car il ne saura pas déblayer son chemin.
       C'est un poète sans audace,
    A qui le monde aurait dû faire place,
Mais qui n'a d'autre abri que le toit des parents,
Car souvent les cités sont des déserts arides
    Pour un rimeur dont les coffres sont vides.
Il est donc revenu dans sa maison des champs :
Auprès de son vieil oncle il cultive les lettres ;
C'est là que, patroné par les muses champêtres,
Il a reçu le nom de poète des bois.
Les voisins se plaisaient à ses chants villageois.
A la longue pourtant ils plaignaient ce jeune homme
    D'avoir changé son idiome,
Et de ne plus parler comme il parlait jadis.
Sa phrase fatiguait ces vulgaires esprits,

Et l'on faisait une triste figure

Quand le rimeur se levait dans la nuit,

Et que sur le plancher trépignant avec bruit,

D'un vers lyrique il battait la mesure ;

Ou lorsqu'il s'en allait, dans le temps du verglas,

Poursuivre dans les champs une rime fuyarde,

Et qu'en chemin sa casaque de barde

Se couvrait d'un grésil qu'il n'apercevait pas.

Dans le village, il faut bien vous le dire,

Après avoir essayé d'un sourire

Qu'on retenait avec ménagement,

On se permit de rire ouvertement.

L'oncle disait : la nuit, quand je sommeille,

Je ne veux pas qu'on me casse l'oreille,

Tu ferais mieux toi-même de dormir,

Car ce grimoire, où doit-il aboutir ?

L'un de ces jours, ne crois pas que je raille,

Je t'entendais parler à la muraille,

J'aurais voulu suivre cet entretien,

Mais impossible, on n'y comprenait rien ;

Et cependant je sais l'arithmétique.

Et les voisins, dans leur patois rustique,

Venaient aussi lui dire sans façon

Qu'ils savaient eux rimer une chanson

Tout aussi bien qu'un savant de la ville,

Et qu'au surplus c'était chose facile.

C'est ainsi que ces bonnes gens,
Sans artifice et sans étude,
Étaient railleurs par habitude,
Et quelquefois par passe-temps.

Le poète souffrait ! dans l'ardeur qui l'enflamme,
Il pourrait bien forger une épigramme.
Une épigramme ? Oh ! non, je la déchirerais !
Oh ! comme alors je lui dirais :
Qu'as-tu donc fait de ton âme si pure
Toi qui chantas les bois et la verdure ?
Ah ! viens donc voir si jamais de ce ciel
Il est tombé quelque goutte de fiel !
Non, c'est pour toi, pour ton âme brisée,
Que va tomber la plus douce rosée.
Toutes ces fleurs qui parfument les airs,
L'oiseau des bois qui redit ses concerts,
Et ce ruisseau qui gazouille et serpente,
Quand le poète et les aime et les chante,
Son cœur est bon, et son cœur est trop plein
Pour que la haine y loge son venin.

Mais ta douleur ce n'est pas de la haine,
Tu supportes ta peine,
Tu sais pleurer, tu sais gémir,
Et tu ne sus jamais haïr.

Ami, reprends ton espérance !
Ton oncle t'aime bien : pour calmer ta souffrance,
Il a prié le médecin
De mettre à l'œuvre son latin,
Afin de découvrir le mal qui te tourmente ;
Il te croit dévoré par quelque fièvre ardente.

Voici le médecin : ton oncle qui le suit,
Et dans ta chambre l'introduit,
Vous laisse seuls, et ne se doute guère
Que ce grave docteur,
Qui sait juger les vers et qui saurait en faire,
Est un profond littérateur.

On l'attendait à la sortie
Pour connaître ta maladie.
Docteur, dites-moi franchement :
A mon neveu que faut-il que je fasse ?
Pour la fièvre qui le tracasse
Prescrivez un médicament.

— Mais d'où vous vient cette boutade ?
Je voudrais être ainsi malade !
Malade ? Oh ! non, je soutiens qu'aujourd'hui,
Si quelqu'un l'est, ce n'est pas lui.
Et si vous l'êtes, vous, ce n'est pas de la sorte.
— Eh bien ! docteur, à vous je m'en rapporte,

Car vous êtes homme de sens,

Et je crois à ce que vous dites.

Mais je vous dois depuis long-temps

Un gros compte de vos visites ;

Dites-m'en le total, car je l'ignore encor.

Et le vieillard fouille dans sa cassette,

Il en tire les pièces d'or

Qu'il tenait à l'écart pour payer cette dette.

Quoi ! ce n'est pas assez ? — Non, c'est deux fois autant

Que vous devez, et cependant

Vous pouvez garder tout, et je donne quittance

Si, par votre influence,

L'homme d'esprit que je viens de quitter

Me laisse visiter

Son porte-feuille littéraire,

Et s'il daigne sourtout me glisser dans les mains

Le plus chétif de ses quatrains :

Je n'aurai jamais eu de plus riche honoraire.

C'en fut assez, ce fut une leçon,

Et l'oncle changea de conduite ;

Et le poète, par la suite,

Fut respecté dans la maison.

La fortune se fit attendre,

Mais un rimeur n'est pas pressé.

Plus tard il fut récompensé,

Le médecin le prit pour gendre.

Pour la noce on fit des festins,

Où l'on invita les voisins.

Puis il advint qu'en ce village

On toléra le beau langage,

Et que l'on trouva bon que, durant les hivers,

Pour passer la veillée, on fabriquât des vers.

LES DEUX VOISINS.

Sous un orme à l'épais feuillage,

Et dont jamais le tranchant des ciseaux

N'a mutilé les flexibles rameaux,

Venaient s'asseoir, selon leur vieil usage,

Deux voisins qui passaient pour être un peu bavards :

C'étaient deux braves campagnards ;

L'un d'eux, à ses jabots de blanche mousseline,

Avait soin d'attacher l'épingle à pierre fine,

Et du bonnet soyeux qu'il portait dans le jour

Quand l'hiver ramenait les brumes,

Un ruban damassé faisait deux fois le tour ;

Il vantait les vieilles coutumes

Et le crédit de ses aïeux,
Comme font presque tous les vieux.
L'autre voisin était un agronome,
Il discutait sur les saisons ;
C'était simplement un bonhomme
Qui jadis gardait les moutons.

Mais ces vieillards si solitaires,
Et tous deux presque centenaires,
Ont des pensers malencontreux ;
La discorde se met entr'eux,
Et cet orme qui les ombrage
Trouble la paix du voisinage.
— Depuis long-temps il est à moi,
Je l'eus par sentence d'arbitres ;
— Et moi je me ris de vos titres,
Et je veux consulter la loi.
Les tribunaux décideront l'affaire.

Le procès se jugea : le monsieur fut vainqueur
Selon le magistrat et selon l'arpenteur ;
L'arbre en litige était bien sur sa terre.
Mais lui va décider que l'arbre tombera ;
C'est ainsi du voisin qu'il punit l'arrogance.

Réformez cet arrêt dicté par la vengeance !
Cet arbre magnifique, et qui donc l'abattra,

Lui qui jette sa cime à travers les nuages,
Et semble balayer la surface des airs ?
Ah ! c'est donc à présent qu'il est fait aux hivers,
Qu'il faut le respecter comme ont fait les orages !
Mais le vieillard s'obstine, et prononce un arrêt
    Dont je suis sûr qu'il gémit en secret ;
        Il en gémit, puisqu'il ordonne
        A ses laquais, que l'ordre étonne,
        Que la cognée, à petit bruit,
        Frappe cet arbre dans la nuit.
Dans la nuit, et pourquoi ? Parce qu'il croit peut-être
        Qu'en fermant portes et fenêtre
Le bruit ne viendra pas jusqu'à son oreiller.
Mais l'on frappe si fort qu'il ne peut sommeiller ;
    Si l'arbre tombe, on veut bien qu'il le sache ;
        Il entend tous les coups de hache,
Tous, au fond de son cœur, sont venus retentir !
Et les derniers surtout sont venus l'avertir
Que tout était fini, que l'arbre était sans vie ;
Et que, cédant aux coups d'une main ennemie,
Cet arbre massacré se brisait en éclats,
Et, sur le sol ému, tombait avec fracas.
Et l'on n'entend plus rien, la hache se repose !

    Le lendemain, ce vieillard désolé,
Des soucis de la nuit a l'esprit bourrelé ;
Il a jusqu'à midi tenu sa porte close.

Mais il voit arriver son voisin le plaideur,
Qui l'aborde en disant : ne soyez plus boudeur,

Le temps est beau, le soleil brille,
Devant le manoir de famille,
Tous deux allons prendre le frais,
Ne songeons plus à ce vilain procès.

Et le vieillard, ému de ce langage,
A ses regrets s'abandonnait.
Ah ! disait-il, nous manquerons d'ombrage !
Car il n'est plus l'arbre qui le donnait !

Et c'est en parlant de la sorte
Qu'ils s'acheminent vers la porte
Et qu'ils en franchissent le seuil,
Et chacun d'eux alors retrouve son fauteuil.

Et l'arbre qui, sur eux, déployait son branchage,
Cet arbre qui causait de si cuisants regrets,
Est encore debout, et plus vert que jamais !

Pour simuler son abatage,
Des bucherons ingénieux
Ont combiné le bruit que l'on a fait entendre.

Et les deux voisins tout joyeux,
Sur-le-champ voulurent reprendre,
Pour réparer les jours perdus,
Le fil des entretiens qu'ils avaient suspendus.

UNE MÉPRISE.

Dans les beaux jours, loin des foules oisives,
Sur les bords d'un ruisseau dont les eaux fugitives
    Apaisent la soif des vallons,
  Il est aisé, plus que dans vos salons,
    De demander à la mélancolie
  Les songes bleus qui délassent la vie.
    Oh ! puissiez-vous, solitaires ormeaux
  Dont le printemps a vêtu les rameaux,
Si, quand les jours brûlants calcinent le feuillage,
    Il vient à vous quelque artiste en voyage,
Portant un hymne au cœur et les crayons en main,
    Verser à flots l'ombre sur son chemin !

  Et moi je vais, lecteur, en songeant aux artistes,
Parler d'un jeune peintre errant dans les bosquets,
Qui recherchait ces lieux familiers aux touristes,
Où posaient devant lui les paysages frais.
  Ce peintre se disait : pour être plus tranquille,
    J'ai déserté le chaos de la ville,
    Et je vois là qu'un riche monument
    A redressé sa tête de géant,

Et qu'on a rajeuni ses colonnes antiques.

   Mais aurait-il du bronze à ses portiques ?

   Aurait-il donc ces dehors somptueux,

S'il n'était possédé par un maître orgueilleux ?

   Ces bergers que je vois parés de leurs guirlandes,

Viennent-ils à ce maître apporter leurs offrandes ?

Je ne sais ; mais je crois qu'ils se mettent en train

   De m'assourdir à coups de tambourin,

   Et qu'il faut fuir ce fracas des villages.

   Et c'est en parcourant des sites plus sauvages,

Que d'une humble chaumière il a franchi le seuil,

En disant c'est donc là qu'est l'asile du deuil...

Un vieillard qui se meurt... un grabat... le silence...

   Et là tout près les chants de l'opulence !

   Il est donc vrai que, dans ces lieux déserts,

   L'homme qui meurt blanchi par les hivers,

   Peut mourir seul, sans qu'une main amie

   Vienne s'offrir à sa main refroidie !

   Infortuné ! tes malheurs, que je plains,

   Sont ignorés de tes riches voisins !

   Et près de toi, c'est un grand de la terre

Dont la joie arrogante insulte à ta misère !

   Vous vous trompez, ô jeune voyageur !

   Et je gémis de vous voir cette erreur !

Vous ignorez que c'est demain sa fête,

Dit le malade en soulevant sa tête ;

Oui, c'est demain, et mon cœur le savait.

Hélas ! comme autrefois, quand ce jour se levait,

De grand matin je me levais moi-même,

Pour offrir mon hommage à ce maître que j'aime !

Laissez-moi répéter ma prière et mes vœux :

Grand Dieu, daignez le rendre heureux !

Je l'ai soigné dans son enfance,

Et vous savez comme sa bienfaisance

Récompensa mes services passés !

Depuis plus de dix ans mes bras paralysés

Semblent s'être cloués sur le seuil de la vie ;

Et ce bon maître a, de sa main chérie,

Sur mes vieux jours répandu des bienfaits

Qui, dans ce cœur, sont gravés à jamais,

S'écriait-il en frappant sa poitrine.

On aurait dit qu'une gloire divine

Illuminait la face du vieillard !

Il laisse aller son paisible regard,

Et ne se doute pas qu'un peintre l'étudie.

Et puis il dit, d'une voix affaiblie :

Peut-être un doux sommeil va suspendre mes maux !

Daignez, jeune étranger, respecter mon repos.

Et, retombant sur sa modeste couche,

Il s'endormit la prière à la bouche.

Le peintre, ému de ce tableau si vrai,
Disait tout bas : adieu... dors !... moi je veillerai !
  Dors, bon vieillard, dors bien, la nuit est belle,
. Et je vais jusqu'au jour être ta sentinelle.

  Mais il me semble ouïr des cris joyeux !
  Voilà du monde, on marche vers ces lieux.
  Au fond du bois les clairons retentissent,
  En feux dorés les lumières jaillissent !
    Et l'on dirait que, jour et nuit,
  De son fracas la ville me poursuit !

  Qui vient donc visiter cet obscur hermitage ?
Un jeune homme ! il a l'air d'un fils de haut parage !
  Sous les anneaux de ses cheveux flottants,
  Il porte bien sa tête de printemps !
Et tout dans son visage est modeste et candide !
    Déjà, dans son regard timide,
    On voit germer la dignité,
  Et sur son front, que la pudeur colore,
    Va naître une douce fierté
  Qui n'ose pas se faire jour encore.
  Il est couvert de riches vêtements,
  Il est paré comme on pare les grands.

  Du lit du pauvre approche, bon jeune homme !
  Viens, s'il se peut, répandre quelque baume
  Sur des douleurs que je n'ai pu calmer.

Ah ! qu'il n'a pas besoin de se nommer

Eh ! quoi ! toujours cette marque touchante,

Dit le vieillard, c'est donc comme une rente !

— Ami fidèle, accepte ce bouquet,

    Car c'est pour toi que je l'ai fait ;

De l'amitié ce bouquet est le gage,

Et c'est à moi de t'en offrir l'hommage ;

Lorsque tu le pouvais, tu m'apportais le tien.

— Ah ! c'était mon devoir ; mais moi, je ne suis rien ;

Je n'ai jamais été qu'un serviteur vulgaire ;

Vos aïeux au centuple ont payé mon salaire.

Je ne possède rien que ce qu'ils m'ont donné.

    Et c'est ici la chambre où je suis né ;

    J'y veux rester jusqu'à ma dernière heure.

    — C'est cependant une triste demeure !

Quand tu pourrais, dans notre beau logis,

Faire ton choix de chambres et de lits.

    — Ah ! je le sais ! merci, mon jeune maître !

    — Dis ton ami, car je suis fier de l'être !

Et puis fais quelquefois ta prière pour nous

    Tu sais prier, car, jadis à genoux,

    Tu me disais : quand finit la journée,

Il faut remercier Dieu qui nous l'a donnée !

    Tu m'enseignais à remplir ce devoir

Dans ce gros livre où tu lisais le soir.

Et ce ne sont pas là des choses qu'on oublie.

— Oui, pour vous tous, oh ! oui, toujours je prie !
Je le sais, dit tout bas un nouveau visiteur,
Qui s'assied près du lit de ce vieux serviteur.

    C'était le maître ! il venait nous apprendre
    Que du haut rang ce n'est jamais descendre
    Que de savoir aimer et secourir
    L'homme de bien qui voulut nous servir.

    Mais le ciel pur se couvrit de nuages,
    On entendit le bruit sourd des orages;
    Le vent mugit, et l'artiste ambulant
Se rendit au logis de cet homme opulent
    Dont il avait suspecté le mérite ;
Et c'est là qu'il trouva de ces hôtes d'élite
    Qui savent bien tout ce qu'on doit d'égards
    Au voyageur qui cultive les arts.

Le peintre reconnut que ces âmes pures
N'avaient pas mérité ses injustes murmures ;
Mais il apprit aussi, dans ces grandes leçons,
Qu'il fallait s'abstenir des jugements trop prompts !

LE DEVOIR FILIAL.

La mort, en faisant sa tournée,
Et sans pitié pour vos vieux ans,
Vous a pris, dans la même année,
Et votre femme et vos enfants.
O bon vieillard ! qu'il vous faut du courage !
Mais de son lait votre épouse a nourri
L'enfant qui, dans cet hermitage,
Auprès de vous trouve un abri.
C'est cet enfant dont les riches ancêtres
Furent jadis vos amis et vos maîtres,
Et qui peut-être sont errants,
Sans pain et sans patrie,
Ou sont brisés depuis long-temps
Par les orages de la vie.
Peut-être aussi qu'ils reviendront,
Et qu'à ce fils ils ouvriront
Un avenir couvert de roses et de gloire.
Mais cet enfant, s'il veut me croire,
Sans trop-compter sur ces rêves brillants,
Va reprendre sa bêche et cultiver les champs.

Puisqu'il en a pris l'habitude
Avec le père nourricier
Dans cette agreste solitude
Qui leur tient lieu du monde entier.

Mais un pauvre a franchi le seuil de la chaumière ;
On dirait que des pleurs ont baigné sa paupière !
Et l'enfant d'accourir, de lui tendre la main ;
    Voyez, dit-il, ce cruchon est tout plein,
C'est moi qui tous les soirs l'emplis à la fontaine,
Voilà notre chanteau du pain de la semaine,
Et voici du lait frais dans la tasse de bois,
Et dans notre bahut nous avons quelques noix.

    L'étranger est ému de ces grandes secousses ;
Les larmes qu'il répand sont des larmes bien douces.
C'est bien, mon jeune ami, d'être compatissant ;
Mais si votre âme est belle, il faut qu'elle soit forte,
Il faut que dès ce jour, en fils obéissant,
Vous quittiez ce vieillard qui pleure à cette porte.
    Moi, le quitter ! dit l'enfant tout en pleurs ;
Oh ! non, jamais ! — Allez : votre père commande,
Lui dit le bon vieillard, vous saurez ses malheurs,
C'est à moi de lui rendre un fils qu'il me demande ;
Que je vous presse encor sur ce cœur éploré,
Et puis allez remplir un devoir plus sacré !

L'âme de cet enfant se grandit et s'élève ;
On dirait qu'en cette âme un miracle s'achève.

Mon père, ce vieillard ne doit pas nous quitter ;
Il saura, comme nous, se faire à l'indigence.
— Oh ! non, je lui dois tant, que cette dette immense,
   Ce n'est qu'au ciel qu'elle peut s'acquitter.
Mon fils, il faut encor que ton cœur sacrifie,
Et que tu viennes seul me faire compagnie.
      — Eh bien ! partons comme deux pélerins.
         Dieu ne nous perdra pas de vue ;
         Il prendra soin de mon âme ingénue,
Et peut-être pour nous qu'il est des jours sereins !
Et je vais tant prier mon ange tutélaire,
Qu'il nous ramènera dans ce lieu solitaire ;
Avant peu, je vais être et plus grand et plus fort,
Et de ce vieil ami j'adoucirai le sort !

   A-t-il réalisé cette douce espérance ?
Oh ! oui, ce bon jeune homme, à force de labeur,
      De sagesse et de persistance,
A de ces deux vieillards pu faire le bonheur.
Il s'écria : je veux ! et sa part de génie
         Dans le monde fut accueillie !
         Et l'on a vu, dix ans plus tard,
         Une maison à trois étages,
         La plus belle de ces villages,
Remplacer la chaumière ; au lieu du vieux hangar,

C'est un perron de marbre au bas d'une terrasse,
Où le père et le fils ensemble vont s'asseoir,
Pour jouir en été de la brise du soir :
Le père nourricier auprès d'eux a sa place.

Écoutez bien, jeunes amis,
Cette anecdote que j'écris
Renferme un avis salutaire :
Vous êtes débiteurs du père et de la mère ;
Leur créance est inscrite et ne peut périmer.
Pour payer cette dette, il vous suffit d'aimer.
Le héros de cette aventure
Se dévouait, et d'esprit et de cœur,
Au père nourricier qui fut son bienfaiteur,
Et ce cri filial de toute la nature
Pourtant lui fait quitter l'homme qu'il aime tant,
Pour partager le sort du père mendiant !
Cette moralité, maintenant que j'y pense,
Tout en s'appliquant à l'enfance,
A l'âge mûr peut bien aller,
Et peut-être il est bien de la lui rappeler !

LE HARANGUEUR DÉSAPPOINTÉ.

Sur une route de village,
A la fin d'un jour assombri,
Un homme seul et sans bagage
Était en quête d'un abri.
    Il était à quelque distance
Un hôtel de belle apparence,
Où ce voyageur anuité
Demandait l'hospitalité.
    On lui répond par la fenêtre
Et d'une voix qui parle en maître :
Non, non, passez votre chemin,
Ma maison n'est pas une auberge,
Cherchez ailleurs qui vous héberge ;
Et cependant je suis humain,
Et je veux bien qu'on vous arrange
Un lit de paille dans la grange.

    Cette maison appartenait
Au magister de la bourgade,
Et c'était lui qu'on désignait
Pour s'acquitter d'une ambassade ;

Et c'était d'un commun avis
Que les notables du pays
L'avaient choisi pour interprète.

Il devait, marchant à leur tête,
Complimenter un voyageur
Qui traverse cette commune
Avec le train de la fortune,
Et qui demande un régisseur,
Des fermiers et des gens d'affaires
Pour gérer les nombreuses terres
Qu'il vient récemment d'acheter,
Et qu'il s'apprête à visiter.

Ces places ont de l'importance,
Les prétendants ne manquent pas ;
Mais le magister, à l'avance,
A préparé ses candidats.

Et voilà donc quelle est la cause
De la fête que l'on dispose.
Et de repas et de bouquets
Ce n'est pas le cas d'être avare,
Puisqu'en même temps l'on prépare
Des requêtes et des placets.

Le jour vient, la fête s'annonce,
Et la harangue se prononce.

Dans sa formule, l'orateur
Finit par dire au visiteur :
   A cette fête de village,
Où nous venons vous inviter,
Daignez, je vous prie, assister,
A titre de bon voisinage.

   Demain, après votre repos,
Avec les gens de ces hameaux,
J'irai vous faire la conduite.

   — Mais vous allez me dire ensuite,
Si je passe la nuit ici,
Où, pour coucher, il faut que j'aille ?
— Chez moi. — Chez vous ? oh ! grand merci !
Chez vous l'on couche sur la paille.

   Hier au soir je suis allé
Solliciter votre obligeance,
Et, dans votre grange installé,
J'aurais bien pu dormir, je pense.

   Mais des passants prirent le soin
De m'indiquer un peu plus loin
.Une meilleure hôtellerie.
Et dites-moi, je vous en prie,
Pourquoi vouloir me déloger ?

   Le magister, qui se désole,
Voit bien qu'il n'y faut plus songer,

Et qu'il vient de faire une école.

Qu'il profite de la leçon :
Qu'à la porte de sa maison
Il ne fasse jamais attendre
Les voyageurs qui poliment,
Lorsque la nuit va les surprendre,
Lui demandent un logement.

Quand ce nouveau propriétaire
Que ses fermiers vont recevoir
Fut installé dans son manoir,
Et lorsqu'en voisin débonnaire
Il invitait à ses repas,
Au magister il n'alla pas
Assurément tenir rancune.
La rancune est trop importune
A ceux qui veulent vivre en paix :
Les bons cœurs n'en veulent jamais !

LE REPAS SUR L'HERBE.

Oh ! oui, je sais que les enfants,
Ces doux emblèmes du printemps,
Durant le cours de leurs années,
Ont bien des heures fortunées.

Tantôt c'est le jour désiré
Où le tiroir est préparé
Pour y déposer les étrennes
Dont on aura les poches pleines ;

Tantôt l'hiver, au coin du feu,
La bonne dit le conte bleu :
Lorsqu'elle est courte de mémoire,
Elle a, dans son jeune auditoire,
Qui vient à point la secourir,
Et c'est toujours joie et plaisir !

Mais il est d'autres jouissances
Quand sonne l'heure des vacances ;
Et lorsqu'enfin il s'est levé
Ce jour que l'on a tant rêvé,
On va pouvoir, loin de ses maîtres,
Faire des courses plus champêtres,

13

On va se perdre dans les bois ;
On voudrait voir tout à la fois !
 Et l'on a dépassé ces allées,
Et ces promenades sablées,
Et si dociles au cordeau ;
L'herbe y périt sous le rateau.
On cherche en vain dans l'avenue,
Et sur la terre toute nue,
Cette verdure et ces cailloux
Que les enfants désirent tous.

Mais ces enfants partent en masse,
Cherchant de l'air et de l'espace,
Et puis un lieu de campement
Pour y célébrer vaillamment
Le repas de grande importance,
Que donne avec magnificence,
A ces gastronomes joyeux,
Un camarade généreux,
Dont le panier, depuis la veille,
Est plein d'amandes, de groseille,
De cerises et de pain frais.
 On a bientôt fait les apprêts.
Il n'est pas de retardataire.
Les invités, assis par terre,
 A ce repas prennent tous part,

Hormis un jeune savoyard,
Qui n'a pour habits de voyage
Que ses haillons du ramonage.

On lui prodigue le dédain ;
Et c'est le maître du festin
Qui le chasse avec arrogance.
Le savoyard pleure en silence,
Et, dans les touffes de genêts,
Cache sa faim et ses regrets.

Mais le repas n'est plus possible,
Par la raison bien admissible
Que les vivres sont épuisés.
Et les convives délassés,
Poursuivant leur itinéraire,
S'en vont jouer sur la fougère,
Où le savoyard oublieux
Sans rancune joue avec eux.

Puis l'on marche, et l'on trouve en route
Un obstacle que l'on redoute :
Une planche tient lieu de pont
Sur un ruisseau large et profond ;
Et cependant, d'un pas agile,
Sur cette planche qui vacille,
Les enfants ont déjà passé.
Mais l'un d'entr'eux, moins exercé,

Perd son aplomb, chancelle et glisse,
Et tombe dans le précipice.

Tous ses amis sont en émoi,
Et ne savent, dans leur effroi,
Rien faire pour sa délivrance.
Va-t-il périr en leur présence ?
Pour accourir à son secours,
Eux qui voudraient sauver ses jours,
N'ont donc ni force ni courage ?

Mais l'un d'eux se jette à la nage,
Et, par de pénibles efforts,
Ramène la victime aux bords.

Et quelle est donc cette victime
Qu'il vient de soustraire à l'abîme ?

C'est cet enfant désobligeant,
Qui, sans pitié pour l'indigent,
Lui défendait, d'un ton superbe,
D'assister au repas sur l'herbe.

Et quel est le libérateur ?
Cet indigent, le ramoneur !

LE CHARBONNIER.

Un villageois qui, sous sa bonhomie,
    Cachait le gros bon sens
    D'une saine philosophie,
Fabriquait des charbons qu'il vendait aux passants.
Il allait, le matin, cherchant les clientelles ;
Le soir, quand le soleil voilait ses étincelles,
Il faisait son repas du morceau de pain noir
Que la faim assaisonne avec tant de savoir.

    Je servais, disait-il, un maître débonnaire ;
Il promit, en partant, de revenir bientôt.
Et de son pauvre fils, qui n'avait plus de mère,
A la face du ciel je reçus le dépôt.

    A ces mots, le vieillard laissait, sans les contraindre
Couler ces grosses pleurs qui ne peuvent se feindre,
Et l'enfant souriait à ce père nouveau,
Et semblait se hâter d'écarter le berceau.
Déjà, de sa cabane, il couvrait la toiture

Avec du chaume sec qu'il tressait de sa main,
Et rajustait les pieux de chêne et de sapin
Qui retenaient debout cette vieille masure.

   Le vieillard lui disait : vous prendrez mon état,
      Et je vous donne ce grabat,
      Et de charbons deux saches pleines :
Tout cela m'appartient, c'est le fruit de mes peines.
Ainsi vous serez sûr d'avoir un sort heureux.
Et l'enfant bénissait cet homme généreux !

      Et c'est ainsi qu'à leur manière
      Ils embellissent leur misère.
      Ils sauront vaincre le malheur,
         Puisqu'ils ont en partage
         Ces deux trésors du sage :
         Bienfaisance et labeur !

   Deux voyageurs, un jour, de grand matin,
Entrent dans la forêt par le même chemin :
L'un est vêtu d'habits à la coupe élégante,
Et donne du prestige à sa voix éloquente ;
      L'autre a couvert ses cheveux gris
      D'un vieux bonnet dont les débris,

Quand le vent les secoue,

D'une poussière noire enfument chaque joue ;

Un bissac sur l'épaule, un bâton sous le bras,

Ou, si vous l'aimez mieux, un énorme échalas :

C'est notre homme aux charbons, qui, sans cérémonie,

Raconte son histoire au nouvel auditeur.

　　　Regardez donc, je vous en prie,

　　　Regardez donc, beau narrateur,

　　　Si le camarade de route

Qui vous serre les mains, vous parle et vous écoute,

N'est pas le maître absent que l'on croyait perdu ?

　　　C'est bien lui qui vous est rendu !

Serait-il vrai, mon maître ! Oh ! oui, c'est bien vous-même !

Vos cheveux ont blanchi, votre teint s'est fait blême,

　　　Mais c'est bien vous, et je n'en puis douter !

C'est bien vous, et ma joie est là pour l'attester !

— Mais, où donc est mon fils ? Ami, réponds-moi vîte !

— Vos traits ont bien changé ! — J'ai vieilli, je le sais.

　　　— Et non pas moi, je suis ingambe et frais.

　　　— J'en suis joyeux et je t'en félicite.

Mais mon fils ? — Votre fils ? Vous en serez charmé.

Il est grand et dispos. — Son cœur ? — Fier et sensible !

— Et son esprit ? — Parfait, c'est moi qui l'ai formé !

　　　Et le progrès en est visible,

　　　Et c'est le fruit de mes leçons.

Il marque tant de goût pour l'état que j'exerce,

Que je vais sans tarder lui céder mon commerce,
Afin qu'il aille seul débiter nos charbons.
— Mais à quoi songes-tu, quand je viens le reprendre ?
— Vous ! le reprendre ? Oh ! non, je ne le cède pas !
Je l'ai trop bien gagné, je saurai le défendre
    Contre vous et vos avocats.
— Et c'est toi, mon ami, qui parles de la sorte ?
— Pardon, j'entretenais une bien douce erreur !
   — Elle me plaît, et prouve ton bon cœur.
   — Mais pourquoi donc une si longue absence ?

   — Tu sais que je quittai la France ;
J'allai de la fortune implorer les faveurs,
Et j'espérais qu'un jour, rentré dans ma patrie,
Sur mon fils et sur toi, sur mes restes de vie,
   Je pourrais semer quelques fleurs.
Mais sur les mers grondèrent les orages :
La vague me jeta sur des côtes sauvages,
Et les chefs de tribu qui gardaient ces déserts
N'eurent pas le désir de me charger de fers.
Mais, pour rentrer en France, il fallait des miracles ;
Cependant un navire, à travers les obstacles,
   Aborda ces antres profonds,
Et, parmi les marins descendus sur la plage,
   Je retrouvai de mes vieux compagnons
Dont le flot irrité respecta le courage ;

Et je repris les mers, et ce nouvel essor
Enfin m'a procuré des amis et de l'or.
    Mais j'aperçois le sommet du village,
      Voici le terme du voyage.
— Oh! non, ce n'est pas là que je fais mon métier.
Depuis votre départ j'ai changé de quartier,
Au bout de la forêt j'ai bâti ma demeure,
Et six heures durant il nous faudra marcher.
— Et moi qui croyais faire un voyage d'une heure!
Et qui n'ai pas voulu réveiller mon cocher.
    Aux bureaux de la diligence,
Je dois, avant midi, faire acte de présence.
Il faut que, malgré moi, je rebrousse chemin,
Et pour revoir mon fils que j'attende à demain.

———

Le vieillard se hâta de gagner sa chaumière
Et de dire à l'enfant : votre sort va changer;
Vous allez parcourir une illustre carrière,
C'est un homme de bien qui veut vous protéger.
Il va faire de vous un riche personnage,
    Et vous aurez un brillant équipage,
Des habits galonnés et des laquais soumis,
    Des chevaux fins et des festins choisis.

Pour vous les curieux se mettront aux fenêtres,

Et vous leur enverrez un salut protecteur ;

Tandis que nous n'avons, à l'ombre de ces hêtres,

    Qu'un gros repas de laboureur,

      Et cet appétit que nous donne

    L'air pur qu'on n'emprunte à personne.

Mais tout votre avenir demande d'autres soins.

   Et cet enfant songeait, on songerait à moins !

A cet enfant précoce, il manquait un peu d'âge ;

Mais en faut-il beaucoup pour que les cœurs naissants

Aiment à caresser une riante image ?

Il était ébloui comme on l'est à dix ans.

Cependant quelque doute agitait sa pensée.

— Ami, je veux savoir si ta vieille amitié,

Du sort qui m'est promis, accepte la moitié !

   — Ce n'est pas là que ma route est tracée.

Ma hutte me suffit, c'est mon palais à moi.

A votre âge, il sied bien de suivre la fortune ;

Mais moi, pourquoi changer ma devise et ma loi ?

    Si le grand monde m'importune,

    Dois-je vouloir l'importuner ?

      — Et tu crois donc qu'enfant volage,

Pour ces plaisirs dont tu fais l'étalage,

Comme un ingrat, j'irais t'abandonner !

  Moi qui craindrais de faire de la peine

  A ces oiseaux que je vois si joyeux,

Si je portais des regards curieux
Dans ces nids suspendus aux branches de ce chêne.
Que le Monsieur nous laisse en paix ;
Je ne veux pas de ses bienfaits.

—

Si mon jeune héros montra de l'énergie,
Quand il fut seul il eut bien son tourment :
La fortune m'appelle, à ses jeux me convie,
Et je refuse tout, dit-il bien doucement !
Mais je dois refuser. Quitter cet hermitage ?
Quitter mon bienfaiteur ? jamais ! Retournons à l'ouvrage,
Reprenons mon panier, ma joie et mes chansons.

Oh ! non, tu vas laisser et chaumière et haillons !
Ce vieillard attendri vient de quitter la place,
Ami, vas donc suivre sa trace,
Il va te dire un fait intéressant.
Mais non, entends rouler un char resplendissant,
Il avance à grand train, c'est ici qu'il s'arrête :
Ce riche voyageur est venu te chercher,
Enfant, ne vas pas te cacher,
Et vas voir si ta malle est prête.

On l'emmène, il résiste, on l'emporte, ô bonheur !
Il est dans les bras de son père !
Ce n'est pas un songe trompeur !
Il va donc le saisir cet avenir prospère,
Il va se reposer sous le lambris doré
Que les mains de l'artiste ont déjà préparé.

Le père a bien compris que ce fils, qu'il embrasse,
Est un fils digne de sa race,
Et que, si son esprit a besoin d'ornement,
Ce fils a de bonne heure appris le sentiment,
Et qu'à ce cœur généreux et fidèle
Le cœur du charbonnier a servi de modèle.

Et ce père s'écrie : oh ! viens, bon serviteur !
Que veux-tu donc pour récompense ?
Mon amitié ? Mais tu l'avais d'avance !
Pour moi la tienne est un titre d'honneur !
Viens donc, je prendrai soin d'embellir ta vieillesse,
Et tu sais que l'on peut compter sur ma promesse.
Je comprends de tes pleurs le langage expressif.

Et le vieillard s'en va faire à son pauvre gîte
Sa visite d'adieu. Mais, plus expéditif,
Déjà l'enfant a fait cette visite.

Le cœur bien gros, il a tout démeublé ;

Pour le départ, il a tout emballé,

Jusqu'aux papiers qui servaient de vitrages,

Et puis surtout les cahiers précieux

Où tant de fois, charbonnant de son mieux,

Il dessina d'informes paysages.

Il emporta l'arrosoir, les seaux,

Même on trouva, derrière une banquette,

Un gros pain bis qu'il y mit en cachette,

Et puis, dit-on, la cruche et les sabots :

Ce sont les biens qu'à son âge on désire !

    Mais ce beau ciel et cet air qu'on respire,

Cette bruyère et ces champs découverts,

Cette forêt qui plonge dans les airs,

Ce chant d'oiseau, ce lever de l'aurore,

C'est tout cela que l'on regrette encore ;

Et dans le monde où l'on va s'égayer,

C'est tout cela qu'on ne peut oublier !

C'EST LA LEUR RENDEZ-VOUS.

Les flots se montrent sourds à ce cri de douleur
Que nuit et jour tu fais entendre !
Du père bien-aimé qui faisait ton bonheur,
Sur quelque bord lointain ils vont porter la cendre !
Et tu ne pourras pas aller sur son cercueil
Déposer tes brûlantes larmes.....
Aux saules inclinés redire tes alarmes.....
Oh ! non, plus rien... le deuil, toujours le deuil !...
Est-tu sûr de trouver un antre solitaire
Où les plus sinistres échos
Puissent suffire à dire tes sanglots ?
Où vas-tu donc, toi qui n'as plus de mère ?
Oh ! pauvre enfant ! hélas, tu pars !
Mais s'il pouvait encor s'offrir à tes regards.....
Non, puisque tous les jours tu gémis sur la grève.....
Et qu'alors que les flots quittent ces lieux déserts,
Il ne te reste rien que les traces d'un rêve.....
Te voilà donc tout seul dans l'univers !
Tout seul avec ce serviteur fidèle
Dont le bon cœur a produit tant de zèle.

Sans le bon père, hélas! fouler le sol natal!
Non, trop de souvenirs auraient fait trop de mal!
Son pays n'avait pas d'assez triste hermitage!
Le foyer paternel n'est pas assez sauvage!
L'ami qu'il a perdu, tous l'auraient demandé.
　　Au cri joyeux qu'on aurait fait entendre,
Qu'aurait-il répondu? Les flots me l'ont gardé,
　　Ces flots amers n'ont pas voulu le rendre!

　　Allez au fond de ces sombres forêts,
Et vous pourrez y voir une obscure chaumière;
　　En soulevant les feuillages épais,
Vous verrez un jeune homme à genoux sur la pierre:
　　On est ému de ses cris déchirants,
Et nul n'ose troubler ses douloureux accents.
C'est là que, loin du monde, il se désole, il prie,
Et c'est peut-être là que s'éteindra sa vie,
Et là qu'il va tomber, comme dans le vallon
Tombe un jeune rameau qu'a brisé l'aquilon!

———

Enfant, es-tu toujours au fond de tes retraites?
Ou bien auras-tu pris quelque nouvel essor?
Mais viens; il n'est pas mort l'ami que tu regrettes!
Oh! viens, car de beaux jours pour toi vont luire encor.

Pourquoi vers le désert cette marche hâtive ?
Il fallait plus long-temps rester sur cette rive.
Secouru sur les bords où l'onde l'a porté,
Ton père a recouvré la joie et la santé.

    La joie ? Oh ! non, trop de deuil l'accompagne !
Et le père là-bas, au pied de la montagne,
S'écriait : ah ! mon fils pressentait le danger,
Lorsqu'à bord d'un esquif qu'ont brisé les orages
Sur le fleuve grondant j'ai voulu voyager !
Il voyait mieux que moi la marche des nuages !

C'est le nom de son fils que, dans tous les hameaux,
Il répète cent fois d'une voix attendrie ;
Mais un nom à lui seul est toute une élégie
Quand la voix qui le dit vibre dans les sanglots.

Partout il le demande, et nul n'en sait la trace ;
On a des souvenirs que chaque jour efface ;
On croyait que c'était quelque jeune marin,
L'enfant qu'au bord du fleuve on voyait si chagrin.

Et cependant, après bien des jours de souffrance,
Le père eut le désir de revoir son pays,
Et traversa les mers pour revenir en France,
Où peut-être déjà s'était rendu son fils.

Quel est ce voyageur qui lentement chemine,
Et qui semble porter ses regards attristés
Sur cet humble cercueil qui passe à ses côtés ?
C'est un père affligé que le chagrin calcine.

    Ah ! laissons-lui ses doux pressentiments.

    Il a déjà retrouvé sa patrie ;
S'il retrouvait son fils après tant de tourments !

    L'espérance adoucit une douleur aigrie.

    Qui sait combien de superbes esprits,
    Dans le malheur, d'elle se sont nourris !
Et si, sur cette terre, elle trompe peut-être
Les mortels imprudents qui veulent s'en repaître,
Alors qu'elle se place au-delà des tombeaux,
Du mourant qui l'invoque elle apaise les maux ;
Ce ne sont plus alors de ces promesses vaines,
De ces rêves perdus dans les grandeurs humaines,
    Mais c'est le temps déployé devant vous,
        Qui, de son aile formidable,
    Touche en passant à vos palais de sable,
    Et les balaie et les emporte tous !

Le triste pèlerin poursuit donc son voyage ;
Mais à peine il revoit le clocher du village,
A peine il a foulé le sol de ses aïeux,
Ce sol toujours empreint de souvenirs pieux,
Qu'au loin quelqu'un l'appelle, et sa joie est extrême !

14

Cette voix... il écoute... ô bonheur !... c'est lui-même...
Oh ! c'est bien lui, dit–il... j'étais bien inspiré,
      Lorsque, dans ma persévérance,
J'ai voulu revenir aux lieux de mon enfance !
    Le voilà donc ce moment désiré !
Ah ! mon cœur bat si fort que c'est comme un délire !
J'éprouve un sentiment que je ne saurais dire...
Oh ! viens, enfant chéri, viens donc me consoler !
    Les pleurs de joie ont hâte de couler !...
Mais il m'entend, il vient, le voilà qu'il s'avance...   ,
C'est bien lui !... sur ses traits a passé la souffrance
C'est le bon serviteur. Et ce père joyeux
S'écrie : Il est donc vrai ! mon fils est dans ces lieux !...
— J'ai fait à votre fils fidèle compagnie,
Dit le bon serviteur ; de lui, j'ai pris grand soin.
Et vous n'étiez pas là ! Pour vous chercher au loin,
Nous allions tous les deux quitter notre patrie.
    Mais un jour d'août se lève étincelant,
      Et le soleil darde les plaines,
Et l'on croit que le feu circule dans les veines,
Et votre fils, un soir, arrive pantelant,
Et, trempé de sueur s'assied sur la prairie
Que le ruisseau voisin et l'ombre avaient fraîchie.
C'est là qu'en mon absence il s'endort harassé,
Et qu'il se réveilla frissonnant et glacé.
    Des suites de cette imprudence,

Votre fils a souffert, et pendant bien des jours ;

    Mais je vous donne l'assurance

    Qu'il n'a pas manqué de secours !

— Je saurai, brave ami, récompenser tes peines.

— Il a gardé le lit durant plusieurs semaines.

— Comme il le garde encore ? — Oh ! non, il l'a quitté !

— Il se tient donc debout ? — Non, c'est qu'on l'a porté.

— Mais nous perdons le temps, où donc est sa demeure ?

Elle n'est pas bien loin... En passant, tout-à-l'heure,

Vous l'avez vue... — Où donc ? — Sur le parvis, là-bas !...

— Ce cercueil ?... — C'est le sien. — Oh ! non, n'achève pas...

Mais le coup est porté... redis... redis encore...

Oh ! non, ne dis plus rien... oh ! non, plus rien... assez...

A ces mots, il faiblit, son front se décolore,

Les pleurs ne venaient pas traduire ses regrets...

Mais ils se firent jour, et puis vint la prière ;

Ce chrétien se soumit, il vécut solitaire,

Et la vieillesse arrive et la mort vient plus tard.

Pour lui, du cimetière on ouvre enfin la porte,

    On voit passer le corbillard ;

Et le bon serviteur, qui pleure et qui l'escorte,

    Pour ses maîtres prie à genoux,

En disant : c'est donc là !... c'est là leur rendez-vous !...

UN VIEILLARD ISOLÉ.

Alors que les coteaux cachent leurs tapis verts,
Que la forêt perd sa dernière feuille,
Que le soleil a pâli dans les airs,
Que la nature se recueille
Et prend des traits majestueux,
Vous fuyez le bocage, ô citadins frileux !
Et quand les bois ont leurs couronnes vertes,
Vous revenez au retour du printemps,
Et vous trouvez encor les campagnes couvertes
De tapis neufs, de voiles éclatants.
Les fleurs, comme toujours, sont riantes et belles,
. Et cependant vos regards curieux
Cherchent en vain, parmi ces fleurs nouvelles,
Celles qui l'an passé réjouissaient vos yeux.

Et vous qui, pour revoir les lieux de votre enfance,
Revenez d'un lointain pays,
Et qui de ces hameaux, tels qu'ils étaient jadis,
Avez gardé la souvenance,
Vous ne retrouvez pas le tertre de gazon

Où jouaient avec vous les enfants du village.

    Où donc est la forêt sauvage

    Qui semblait border l'horizon ?

    Vous cherchez l'antique chaumière

Dont les détours vous étaient si connus,

    Et qui cachait sous le lierre

Son mur grisâtre et ses toits vermoulus ;

Vous cherchez le vieil orme à la cime aplatie,

    Qui tant de fois, au bord de la prairie,

Fut le témoin muet de vos jeux innocents ;

Vous cherchez le poirier planté sous vos fenêtres,

    Et le grand chêne ami de vos ancêtres,

    Et qui semblait être l'ami du temps.

Oh ! tout cela n'est plus qu'un monceau de poussière !

Vos parents, vos amis, sont tous au cimetière !

    Et dans la vie ils n'ont fait que passer !

    Vous avez trop compté sur leur jeune âge !

    Pour les revoir il fallait se presser !

    Mais peut-être sur cette plage

    Va revenir quelque vieillard,

    Qui comme vous est en retard.

Oh ! non, hélas ! sur la plage isolée

Nul ne revint, les vieillards n'étaient plus !

Ils avaient tous traversé la vallée,

Depuis long-temps leurs pas étaient perdus,

Ainsi tout passe, et ce monde lui-même,
Dieu peut demain résoudre son problème,
Dieu peut demain le briser dans les temps,
Fixer le sort des bons et des méchants,
Nous inonder d'éternelles lumières,
Poser le pied sur toutes ces poussières,
Ensevelir cabanes et palais,
Et sur nous tous accomplir ses décrets !

LES SOUVENIRS D'ENFANCE.

Restez toujours, ô souvenirs d'enfance !
Ne fuyez pas dans nos jours de douleurs !
Apportez-nous vos parfums d'innocence.
Oh ! rappelez et la joie et les pleurs,
Le doux sourire et les soins d'une mère,
Le vieil ormeau, le berceau de lierre,
Les oiseaux de papier et les cailloux luisants
Qu'à cet âge on préfère aux plus riches présents,
La carriole au paisible attelage

Dans laquelle on a voyagé

Lorsqu'on a parcouru l'enceinte du village,

Les jours d'école et ces jours de congé,

Où dans les mains du marchand de brioches

L'écolier matinal allait vider ses poches,

Rappelez-nous les bosquets de lilas,

La tonnelle et le chasselas,

Les papillons et la charmille,

Le jour de l'an, les fêtes de famille,

Et surtout ces jours de bonheur

Où l'on était enfant de chœur.

Alors que le bonheur ici-bas nous échappe,

O souvenirs touchants que j'aime à rappeler,

De nos chagrins amers venez nous consoler

Dans ce monde où la vie est pour nous une étape,

Dans ce monde terrestre où tous nos logements

Sont pour nous tout au plus des relais de voyage,

Venez, doux souvenirs, le cœur le plus sauvage

Toujours aura pour vous de joyeux battements !

Oui, le tableau d'une famille unie

Adoucirait les cœurs les plus méchants,

Si j'en rendais la pieuse harmonie,

Les traits sublimes et touchants :
Là, sont les fils courbés devant le père
Qui leur enseigne la prière
Et le devoir patriarcal,
Et la mère applaudit aux travaux de sa fille ;
Et tout devient, sous ce toit de famille,   •
Un doux concert de l'amour filial.

Ah ! si le nautonnier, cherchant en vain l'étoile
Qui brille au haut du ciel et qui ramène au port,
A vu se déchirer sa voile
Sur un flot irrité qui menace de mort,
Ah ! vous aussi, vous livrez votre vie,
Téméraires enfants, aux vagues en furie,
Alors que vous fuyez les regards paternels,
Ces regards que pourtant Dieu fit si solennels.

Mais si l'un d'entre vous sur une mer grondante,
Battu par la fortune, implore du secours,
Ayez soin, pour qu'il puisse abriter ses vieux jours,
Qu'au foyer de famille on lui dresse une tente.
Vous, enfants, qui partez si riches d'avenir
Pour vous disséminer dans le sein de l'espace,
Un jour pourrez-vous donc tous ensemble venir
Sous les toits paternels reprendre votre place

Que peut-être jamais vous n'auriez dû quitter !

    Ces heures que la mort nous laisse,

    A peine a-t-on le temps de les compter !

Cependant quelle joie aurait votre vieillesse,

Si, lorsqu'appesantis sous le fardeau du temps,

Vous vous retrouviez tous sous le déclin des ans,

Et que pour vous parler comme on parle au jeune âge,

Vous pourriez rajeunir les formes du langage !

Et vous fils désolés votre cœur se froissa

Lorsque de votre père on recouvrit la cendre,

Et que, malgré vos pleurs, on ne put vous le rendre,

Et que devant vos yeux son cercueil se dressa !

Mais quand de ce vieillard la tête reposée

    Se souleva pour retomber glacée,

    On croyait voir sur ce front radieux

    Se réfléchir la céleste auréole ;

De cet homme de bien la dernière parole

    Fut comme un son qui vibrait dans les cieux.

    Si comme moi vous avez la croyance

    Qu'au lit de mort l'on ne trahit jamais,

Croyez donc ce vieillard, qui, dans sa prévoyance,

En mourant vous disait : enfants, vivez en paix.

Comme un soleil des familles prospères,
Sur les vieux toits du manoir de vos pères
Que l'amitié suspende ses flambeaux !
Ce vœu sacré, c'était une loi sainte,
Et je craindrais, si vous l'aviez enfreinte,
Que vos vieux jours manquassent de repos.

Et cette loi, le père la dictée
Lorsqu'il frappait à la porte du ciel !
Et si jamais dans votre âme irritée
Vous laissiez s'infiltrer le fiel,
Allez vous incliner sur une froide pierre,
Allez, enfants, sceller au cimetière,
Sur le tombeau de cet homme pieux,
Et que déjà peut-être l'on oublie,
Le pacte d'amitié qui vous réconcilie.
La haine fuit les cœurs religieux !

NOS IMPRESSIONS DANS L'ÉGLISE.

Du temple du Seigneur on ouvre les portiques,
La cloche vous appelle aux prières publiques :
L'incrédule est muet à l'aspect des saints lieux,
Et, lorsqu'il a marché sous ces antiques voûtes,
    Il a peur de ses doutes,
Et semble demander quelque chose de mieux.

Quelque enfant de la foi, dans un coin de l'enceinte,
Redit en gémissant et sa joie et sa crainte;
Il frappe sa poitrine et pleure ses malheurs ;
Et son front pénitent, courbé dans la poussière,
    Cherche cette lumière
Que la grâce répand pour calmer les frayeurs.

L'hymne saint va monter aux demeures des anges,
Sion a rassemblé ses fidèles phalanges,
Les soldats de la foi, dans ce temple de paix,
Marchent en indiquant aux âmes égarées
    Ces bannières sacrées
Qui, dans le choc des temps, ne se perdent jamais.

Silence ! le voilà l'auguste sacrifice !
Superbe, abaisse-toi ; que tout genou fléchisse !
C'est le Dieu révélé qui descend sur l'autel !
Ah ! quel calme imposant dans ce moment sublime
      Où la créature s'abîme,
Où tout tombe et se tait aux pieds de l'Éternel !

Les vierges du Seigneur entonnent les cantiques,
Les diacres, parés de leurs blanches tuniques,
Sont venus se placer devant les livres saints.
A ces suaves chants, ô céleste patrie,
      Mêlez votre harmonie !
A ces accords pieux, répondez, séraphins !

Et l'on dirait qu'un son aux notes sépulcrales,
En voyageant la nuit sous ces voûtes claustrales,
Traverse le silence et gémit sourdement,
Et des replis cachés d'une chapelle sombre
      Se fait un linceul d'ombre
Dont il veut se couvrir pour mourir lentement.

Marchez à petit bruit, la lampe vous éclaire,
On croirait que les saints de ce mur solitaire,
Où le génie antique a porté le ciseau,
Sont descendus du ciel pour nous garder à vue,
      Et que chaque statue
Est là pour nous veiller comme on veille un tombeau.

De l'église, le soir, la foule recueillie
S'éloigne en répétant le salut à Marie.
Si l'on y reste seul pour prier à l'écart,
C'est l'extase partout, et l'âme en est si pleine
    Que l'on remarque à peine
Si le cadran de nuit fait savoir qu'il est tard !

LE DERNIER CONSOLATEUR.

—

Alors que la course est finie,
Qu'il faut descendre chez les morts,
Adieu les songes de la vie !
Il ne reste que les remords !

Triste jouet de la tempête,
Tu tombes, mortel orgueilleux,
Qui semblais croire que ta tête
Soutenait la voûte des cieux.

Tu passes comme un météore,
Ou comme passe un jour d'été,
Et puis le temps qui te dévore
Te jette dans l'éternité.

Porte ta pensée en arrière,
Où sont-ils ces amis bruyants
Qui t'appelaient sous leur bannière ?
Tu ne comptes plus dans leurs rangs.

Ces compagnons de ta jeunesse
Qui ne te voient pas revenir,
Ah ! sont trop pleins de leur ivresse
Pour conserver ton souvenir.

Ils t'ont, dans leur course volage,
Et sans faire aucun temps d'arrêt,
Donné le salut de passage,
Et t'ont vu partir sans regret.

Le deuil a couvert ta demeure,
Le monde s'éloigne de toi,
Et tu ne peux retarder l'heure
Qui sonne et te glace d'effroi !

Ici-bas finit ton voyage !
Déjà tu quittes le vaisseau !
Et tu ne trouves sur la plage
Que la poussière du tombeau !

Ainsi jeté sur cette terre
Où tu passas rapidement,

Ton âme fut dans la misère
Et ton cœur dans l'isolement.

Qui donc, d'un zèle inaltérable,
Presse ta main avec bonté ?
Ah ! c'est le prêtre secourable
Qui vient s'asseoir à ton côté.

Quand peut-être la calomnie
De ta bouche tomba sur lui,
Il adoucit ton agonie,
Il devient ton unique appui.

Et de ton âme qui se brise,
Lorsqu'il veut calmer les douleurs,
Il te montre la sainte église
Que les anges couvrent de fleurs.

Il n'est que lui qui te soutienne,
Il s'associe à tes chagrins,
Et, sa foi ranimant la tienne,
Il rend tes derniers jours sereins.

Et c'est par la sainte parole
Dont le miel ne tarit jamais,
Que ce prêtre qui te console
A ton âme apporte la paix.

Le mourant qui se désespère,
S'apaise à la voix du pasteur,
Qui, lorsqu'on quitte cette terre,
Est LE DERNIER CONSOLATEUR !

EFFROI SALUTAIRE.

—

Alors que vient le jour où la course s'achève
Et la tombe se lève,
Pourquoi donc s'effrayer ?
C'est qu'on entrevoit la lumière,
Et qu'au sortir de cette terre
Sont des gouffres sans fin qu'on ne peut plus nier !

Suis-je donc étonné que votre âme frémisse
Quand Dieu, dans sa justice,
Châtiant les pervers,
Pourrait pulvériser les mondes
Et déchirer le sein des ondes
Pour en jeter l'écume à la face des airs !

Qu'il peut, l'enveloppant dans des voiles funèbres,
Jeter dans les ténèbres

Qui naîtraient sous ses mains
Le soleil pour ne plus le rendre,
Ou, sans l'éteindre, lui défendre
De venir désormais éclairer les humains !

Qu'il pourrait, à son gré, rouler dans les abîmes
Ces monts à hautes cimes ;
De sa main désunir
Ou faire écrouler les montagnes,
Fouler les villes, les campagnes,
Et vous en dérober jusques au souvenir.

Et si l'on vous disait : Dieu paraît, le ciel s'ouvre !
Que la cendre vous couvre !
Redites vos chagrins,
Répandez des larmes utiles,
Et venez, mortels indociles,
Entendre prononcer vos arrêts souverains !

Venez, car la voilà la Majesté divine !
Silence ! qu'on s'incline
Muet et frémissant.
C'en est fait, Dieu se fait entendre ;
Sans retour il va vous reprendre
Ce monde où vous faisiez tant de bruit en passant.

15

Alors vous frémiriez ; mais si pour vous encore
Notre horizon se dore,
Gardez-vous d'oublier
Que, malgré le temps qui vous reste,
Devant la justice céleste
Votre orgueil téméraire un jour devra plier.

Heureux de ressentir cet effroi salutaire,
Aux pieds du sanctuaire
Déposez vos douleurs ;
Priez, pour qu'après le naufrage
Vienne pour vous le sauvetage,
Et ne renvoyez pas à demain pour les pleurs.

Et moi je viens vous dire, en terminant ces strophes :
Que pour les philosophes
Le temps a des leçons
Où le raisonnement s'émousse,
Et que toujours la foi plus douce
Saura mieux de votre âme écarter les frissons.

LES REMORDS.

Que je vous plains, ô vous dont la coupable audace
    A commis d'énormes forfaits !
    Ah ! vous voudriez, pour vivre en paix,
A votre souvenir en dérober la trace.
    Inutiles efforts !
Il est dans votre cœur, que glace l'épouvante,
    Une voix émouvante,
Et cette voix terrible est la voix du remords !

Et toujours ce remords, qu'une grâce divine
    Grava dans l'âme des mortels,
    Sera pour les grands criminels
La montagne de fer qui presse leur poitrine ;
    Et c'est bien vainement
Que vous allez chercher, afin de vous distraire,
    Les plaisirs de la terre,
Car ils ne sont pour vous qu'un plus cruel tourment

Et lorsque vous allez nous cacher votre vie

    Au fond des bocages déserts,

    Aux oiseaux qui, dans leurs concerts,

Imitent les accents de la mélancolie,

    Vous causez des frayeurs.

Votre sombre regard et votre face blême,

    Et votre ombre elle-même,

Troublent les doux accords de ces chantres rêveurs.

Quand le jour a jeté, pour finir sa carrière,

    Des voiles bruns sur l'horizon,

    Un lit devient votre prison ;

C'est là que vous croyez, en fermant la paupière,

    Qu'aux rendez-vous donnés,

Tous les fantômes noirs redisent votre crime,

    Et que votre victime

Vous étreint fortement dans ses bras décharnés

Mais c'est quand le remords tourmente l'agonie,

    Qu'il doit être bien déchirant !

    Et si, par malheur, le mourant

Avait en criminel traversé cette vie,

    Il fuirait éperdu

Lorsqu'il apercevrait ses traces menaçantes,

    S'il les voyait béantes,

Et fumantes du sang qu'il aurait répandu.

Et le temps, qui parfois tant de choses efface,
Et le temps, qui parfois tant de choses efface,

De vos crimes, pour vous punir,

Vous laissera le souvenir;

Non, le temps ne veut pas que le remords se lasse,

Puisqu'au lieu d'apaiser

Ce trouble incandescent d'une âme qui s'effraie,

Il en fait une plaie

Qu'aucun remède humain ne peut cicatriser.

Le tourment du remords ! ce doit être un martyre !

Un cauchemar qui vous poursuit,

Qui vous oppresse jour et nuit,

Et vous dispute l'air que votre bouche aspire !

Oh ! oui, remords vengeurs,

C'est pour accélérer l'utile repentance,

Que, sans intermittence,

Vous sonnez le tocsin dans l'âme des pécheurs.

Pourtant, je veux toujours que le coupable espère :

Le remords peut se faire aimer

Et la peine peut se calmer,

A vos poignants regrets ajoutez la prière.

Priez avec ferveur !

Dieu peut vous écouter, et sa grâce est immense !

Et des flots de clémence

Laveront ces forfaits qui souillent votre cœur.

Et d'ailleurs ce remords que nous laisse le crime,

Ce remords que l'on doit bénir,

Et qu'en vain on voudrait bannir,

Peut monter vers le ciel et se faire sublime !

Et de vos cœurs marris

Il arrache les pleurs ; il ranime, il console,

Et la sainte auréole

Du remords pénitent peut devenir le prix.

C'EST

PAR L'AME QUE L'ON EST FORT.

—

Pauvres humains, que peut votre vaillance ?

C'est toujours Dieu que, malgré votre offense,

Vous invoquez dans les jours de douleurs ;

C'est toujours lui qui vient sécher vos pleurs.

Que deviendront ces moissons entassées,

Que ferez-vous de ces gerbes pressées ?

Tous ces torrents que l'orage a vomis

Vont inonder la gerbe et les épis !

Mais espérez, Dieu retient les orages,

Et, de son souffle, il chasse les nuages ;

Il vient d'ouvrir ses foyers lumineux,
Et le soleil vous fait part de ses feux.
De doux rayons jetés sur la vallée
Ont réchauffé la plaine désolée ;
Pour que la gerbe eût le temps de sécher,
On a forcé la pluie à s'étancher.

Une autre fois, c'est la saison brûlante
Qui tout dévore, et la feuille et la plante ;
Et de vos champs le feuillage épuisé
N'aspire plus que de l'air embrasé ;
L'herbe et le grain vont tomber en poussière ;
Les socs tranchants que repousse la terre
Vont se briser dans ses flancs endurcis !

Cessez pourtant vos plaintes et vos cris :
Et vous verrez qu'une douce rosée,
Qu'au haut du ciel on avait amassée,
Viendra la nuit humecter vos sillons
Et reverdir le tapis des vallons.

Pourquoi ces cris, cette terreur profonde,
Quand le vaisseau qui cheminait sur l'onde
Est enchaîné par le calme des mers ?
Qui retient donc tout ce souffle des airs ?
Ah ! l'on dirait que sommeille la nue,
Et que la terre est à jamais perdue,
Et l'on ne sait où se cache le vent,
On ne peut rien, l'on prie et l'on attend.

Mais vous priez, Dieu vous rend à la vie ;
Il a soufflé sur la nue endormie.
O matelots, qui tombez à genoux,
Le vaisseau marche, et Dieu vous sauve tous !

Et vous pilote, abondant de courage,
Si vous étiez logé près du rivage,
Et si la nuit, durant votre repos,
A votre insu vers vous marchaient les flots,
Et s'ils venaient, lancés par les tempêtes,
Tout emporter, jusqu'au lit où vous êtes,
Seriez-vous sûrs de vaincre les torrents,
De triompher de ces flots dévorants,
Qu'aurait grossi la colère soudaine
D'un fleuve sourd à votre voix humaine ?

Mais, si Dieu veut, vous dormirez en paix,
Et ce malheur ne vous viendra jamais.
Dieu, délaissé dans vos heures prospères,
Défend aux eaux de franchir leurs barrières,
Et, mieux que vous, ces eaux vont obéir.

Et vous voyez que je veux en venir
A rappeler cette grave sentence :
L'homme n'est rien, mais son âme est immense
Ah ! c'est par là qu'il est fort et puissant !
L'intelligence est un riche présent
Dont Dieu permit que l'homme fît usage :
Ah ! puisse donc cet homme être assez sage

Pour ne jamais se rendre malheureux
En abusant de ce don généreux !

   Je rends hommage aux hommes de génie,
Quand devant Dieu leur fierté s'humilie ;
Et j'applaudis le courageux mortel
Qui s'agenouille aux pieds de l'Éternel.

L'ORPHELIN.

—

Ouvrez la porte à l'orphelin :
Transi de froid il vous implore ;
Un lit de paille, un peu de pain,
Il dormira jusqu'à l'aurore.

Au point du jour il partira ;
Il s'en ira dans les campagnes,
Et sa jeune voix redira
Les doux refrains de nos montagnes.

Oh ! oui, plaignez mon triste sort !
Ayez pitié de ma misère !
Là-bas, bien loin, mon père est mort,
Et je pleurais avec ma mère !

Tout seul, un jour, j'allais au bois,
Et j'entendis gronder l'orage :
Il éclate et brise nos toits ;
Je vois brûler notre hermitage.

Hélas ! je fuis tremblant de peur !
Je vais tomber près d'un vieux chêne ;
Tout se déchire avec fureur,
Le torrent mugit et m'entraîne.

Il me roule et m'emporte au loin,
Et depuis lors moi je répète :
Du pauvre enfant, vous prendrez soin,
Mon Dieu qui calmez la tempête !

Le lendemain, affreux tableau !
Ma bonne mère m'est ravie,
Et mon serin et mon agneau,
Ils ont tous deux perdu la vie !

Je restai seul, tout seul, hélas !
Mais aux bons cœurs je m'abandonne,
Le ciel daigne guider mes pas,
Je n'ai plus rien, je vis d'aumône.

Abritez-moi jusqu'à demain,
Demain je reprends mon voyage,
Mon seul avoir dans mon chagrin
C'est l'espérance et le courage.

Votre pitié consolera
Le pauvre orphelin sans défense,
Et le bon Dieu vous bénira
Si vous protégez mon enfance !

LES SAISONS.

Venez donc avec moi chanter cette harmonie
    Et des saisons et des climats ;
A mes impressions que je vous associe :
    Dites-moi, n'admirez-vous pas
Comme dans ce tableau des phases de l'année,
    Et que le temps vous reproduit,
    Chaque saison est enchaînée
A celle qui s'en va comme à celle qui suit ?

Dieu dit, et le soleil en gerbes flamboyantes
　　　　Sème de l'or dans les sillons ;
La rosée a perlé ses gouttes bienfaisantes
　　　　Sur l'herbe pâle des vallons.
Dieu commande à la terre, et la terre soumise
　　　　Par vous se laisse déchirer ;
　　　　Pour vous elle se fertilise,
Et c'est pour vous encor qu'elle va se parer.

Déjà dans les bosquets les fleurs à peine écloses
　　　　Envoient leurs parfums dans les airs ;
Le printemps, couronné de lilas et de roses,
　　　　A déplié ses tapis verts ;
Il ramène avec lui les feuilles et l'ombrage,
　　　　Les jours d'espoir et le ciel pur,
　　　　Et l'oiseau qui chante au bocage
Et ce soleil nouveau qui flotte dans l'azur.

Voilà donc le printemps et sa cour florissante
　　　　O salut, enfant gracieux !
Plus frais et plus vermeil que l'aurore naissante !
　　　　Que j'aime tes concerts joyeux !
Tu raccourcis les nuits, tu chasses la froidure,
　　　　Tu consoles le laboureur,
　　　　Tu viens donner joie et verdure,
Et semer dans les champs la vie et le bonheur !

Mais il fuit ! la campagne a changé de parure ;
      Et, sous de légers ornements,
L'été, chargeant d'épis sa blonde chevelure,
      En venant dépouiller vos champs,
A pour les moissonneurs apporté des faucilles,
      Et des chansons pour les bergers,
      Et de ses teintes juvéniles
Il colore les fruits qui parent les vergers.

Et puis, vous saluez le retour de l'automne !
      Et vos cœurs vont se réjouir :
C'est la saison payante, et les fruits qu'elle donne
      Voici l'instant de les cueillir.
Le pampre se dépouille et la joie étincelle,
      La grappe d'un jus abondant
      S'inonde, et le pressoir ruisselle,
La tonne se remplit et l'esprit est content.

La terre se soumet et vous laisse tout prendre :
      Elle vous rend, sans marchander,
Toute la part de fruits qu'elle avait à vous rendre.
      Pourquoi tant la déposséder ?
Vous lui ravissez tout, sauf des fleurs oubliées,
      Qui, dans son sein, viennent mourir,
      Des fruits secs, des feuilles broyées,
Qu'elle garde auprès d'elle afin de se nourrir.

Lorsque tout est cueilli, vous souffrez que la terre
A tous ses hôtes familiers,
Jusqu'à votre retour, sauvage et solitaire,
Ouvre ses flancs hospitaliers :
Les insectes rampants logés dans ses entrailles,
Et les herbes et les cailloux,
Vont jusqu'au labour des semailles
Reprendre le repos qu'ils n'ont pas avec vous.

Les pailles et les foins reposent dans la grange,
On a serré les blés nouveaux,
Ils sont tous abrités, on finit la vendange ;
Dans les celliers et les caveaux
Les vins sont à couvert, et l'on cueille à la hâte
Et les légumes et les fruits,
Et la plante trop délicate
Auprès de vos foyers déjà passe les nuits.

L'automne a déjà fait ses apprêts de voyage
Et se dispose à son départ ;
Il invite à cueillir, selon le vieil usage,
Tous les fruits qui sont venus tard.
Mais vous pourrez toujours les cueillir sans obstacle,
Et pourquoi donc tant se presser ?
Hélas ! c'est comme une débacle !
Et que craignez-vous donc ? que va-t-il se passer ?

Bientôt, apparemment, de votre vigilance
Je vais comprendre les motifs.
Mais l'hiver nous arrive, il approche en silence,
Il fait de grands préparatifs ;
Il prend, pour avant-garde, une courte gelée,
Ou parfois, dès le premier jour,
Il sème un peu de giboulée
Comme ballon d'essai, pour marquer son retour.

Et s'il veut se donner un luxe d'éclairage,
Ou s'il veut fondre ses brouillards,
Il emprunte au soleil ces rayons de passage
Qui réjouissent nos regards.
Quand il a satisfait à son préliminaire,
Il commence les grands travaux,
Et va, comme à son ordinaire,
Exposer à vos yeux de sévères tableaux.

Il pleut tant, qu'on dirait que les mers courroucées
Ont monté jusques dans les airs,
Et qu'avec la poulie on les aurait hissées
Pour les verser sur l'univers.
Et le vent qui pleurait dans les déserts champêtres,
Et qui gémissait dans les bois,
S'en vient siffler à vos fenêtres,
Fait craquer vos lambris et hurle sur vos toits.

Les arbres sont transis et n'ont plus de feuillage,
    L'eau s'engourdit sous les glaçons,
Et les oiseaux des bois retiennent leur ramage
    Et grelottent dans les buissons;
Et l'hiver, ce vieillard à la tête blanchie,
    A jeté ses voiles de deuil;
La nature est comme endormie,
Et perdue à jamais dans un vaste cercueil!

Si tout semble dormir au sein de la nature,
    Elle utilise ce repos :
Dans son recueillement elle fait une épure
    De ses magnifiques tableaux.
Et puis, au coin du feu, l'on reprend les veillées;
    Et c'est là que le laboureur
    Songe à ses terres dépouillées,
Et qu'il dresse les plans de son nouveau labeur.

Oui, grand Dieu ! c'est vous seul que le temps a pour maître,
    Et vous le tenez dans vos mains;
Les heures et les jours, pour mourir et renaître,
    Attendent vos ordres divins.
A votre voix, Seigneur, la terre obéissante
    Nous livre ses plus riches dons,
    Et pour nous votre main puissante
Voulut mettre d'accord la marche des saisons.

UNE VISITE AU CIMETIÈRE.

Un vieil ami vous a serré la main
Dans ce grand jour où l'an se renouvelle,
Mais l'an suivant vous le cherchez en vain,
Il ne vient pas à la voix qui l'appelle !
C'était pourtant lui qui vous devançait ;
Il s'y prenait toujours de telle sorte
Que c'était lui, quand chacun s'empressait,
Qui le premier frappait à votre porte.

   Cependant ne l'attendez pas :
   On l'a couché sous une pierre !
   Et vous devez lui faire, hélas !
   Une visite au cimetière.

Quand vous allez accomplir un devoir
Auquel le monde à certains jours engage,
Si cet ami que vous n'avez pu voir
Ne vous rend pas la visite d'usage,
Et s'il est mort, pour l'aller visiter
Dans le lieu saint qu'il a pris pour demeure,
N'attendez point qu'il faille vous porter
Sur un brancard à votre dernière heure !

Puisqu'on vous garde un logement
Sur cette terre hospitalière,
Pourquoi faire si rarement
Une visite au cimetière ?

Une fois l'an des amis empressés
Viennent chez vous quand la table est servie ;
Mais ces élus ne sont pas remplacés
Lorsque la mort à son tour les convie :
Déjà leur nombre est réduit de moitié ;
Et, quand viendra cette fête locale,
Pour célébrer ce banquet d'amitié,
On n'aura plus besoin de la grand'salle.

    Et puis bientôt il suffira
    Du court espace d'une bière
    A chaque invité qui fera
    Une visite au cimetière.

Ainsi la mort, qui se glisse partout,
A votre insu se fait votre convive ;
A vos festins elle assiste debout,
S'y tient muette, et pour un temps s'esquive
En promettant de venir vous revoir.
Souvent aussi, lorsque son heure presse,
A votre table il lui plaît de s'asseoir,
De mettre un terme à vos chants d'allégresse,

Et de vous remettre un cartel
Qui vous prescrit l'ordre de faire
Pour votre compte personnel
Une visite au cimetière.

Quand vous venez aux approches du soir
Vous réunir autour de votre table ;
Hélas ! parmi les hôtes du manoir
Vous n'avez plus ce père vénérable
Qui présidait à vos humbles repas !
Dans ce fauteuil je vois sa place vide.....
La vieille mère est donc aussi là-bas !.....
Mais de la mort la faulx est si rapide
  Que tous les autres assistants,
  Quoiqu'ils soient restés en arrière,
  Feront comme ont fait les absents,
  Une visite au cimetière.

Lorsqu'un avis vient de vous faire part
Qu'un condisciple est sorti de ce monde,
Quand vous avez suivi le corbillard
Et vu de près cette douleur profonde
Que traduisait par des sanglots navrants
De votre ami la famille éplorée,
Vous vous hâtez de voir tous les parents ;
Pour chacun d'eux la carte est préparée.

Mais l'on doit faire, pour vêtir
La formalité tout entière,
Au défunt qui vient de partir
Une visite au cimetière.

Un visiteur à l'esprit oublieux
Peut retarder la carte qu'il vous donne,
Et quelquefois vous en recevez deux
Ayant rapport à la même personne :
L'une convie à son enterrement,
L'autre contient des vœux de bonne année,
Et toutes deux à votre logement
On les remet dans la même journée.

Et chaque carte qu'on reçoit,
Hélas ! peut-être est la dernière,
Et la visite que l'on doit,
Une visite au cimetière.

Il vous viendra des pensers sérieux,
De ces pensers que la raison suscite,
Si quelquefois d'un regard curieux
Vous inspectez vos cartes de visite,
Car s'il en est où le nom est inscrit
Sur un papier qu'embellit la dorure,
Vous en trouvez où l'usage prescrit
Pour ornements une noire bordure.

Ainsi les plus riants tableaux
Ont une teinte funéraire,
Et demandent pour les tombeaux
Une visite au cimetière.

Vous qui partiez si gais et si nombreux,
Quand la jeunesse amenait la folie,
Vous vous comptez : vous n'êtes plus que deux,
Alors que vient le déclin de la vie !
A peine assis sur le seuil du printemps,
Ils sont tombés tous ces amis d'enfance,
Comme, soumise au caprice des vents,
Tombe la fleur timide et sans défense.

En attendant qu'à votre tour
Vous y portiez votre poussière,
Croyez-moi, faites chaque jour
Une visite au cimetière.

Vous voilà donc de retour au hameau
Vous qui venez de faire un long voyage ?
Comme autrefois sont assis sous l'ormeau
Les compagnons de votre premier âge,
Vous commencez le métier de conteur,
Tous vos amis sont là pour vous entendre.
Oh ! non, pas tous, et le vieux serviteur
Manque à l'appel, il n'a pu vous attendre.

Ah ! s'il n'est plus là pour fêter
Votre retour à la chaumière,
Allez lui faire, sans tarder,
Une visite au cimetière.

Que de rubans ont paré vos cheveux !
De la famille on célèbre la fête,
Avant d'aller dans ce monde joyeux,
O jeune fille en ces lieux on s'arrête.
Mêlez un peu les pleurs à vos bouquets,
Il est pour vous de pieuses offrandes,
La bonne mère a droit à vos regrets,
Sur son tombeau déposez vos guirlandes.

    Dans vos bouquets assurément
    On verrait des brins de lierre,
    Si vous faisiez plus fréquemment
    Une visite au cimetière.

Quand vous entrez dans l'asile des morts,
D'où viennent donc ces profondes pensées,
Cette terreur et ces pieux remords,
Ce grand travail des âmes oppressées ?
Ah ! c'est que là vos timides esprits
Sont dégagés de leur sombre nuage !
Mais aussi là, dans vos cœurs radoucis,
L'humilité fait germer le courage !

Vous avez trouvé le secret
De rendre l'âme calme et fière,
Lorsque souvent vous avez fait
Une visite au cimetière.

Là seulement et poussières et pleurs !
Et dans ces lieux où la mort nous convoque,
Tout le néant des humaines grandeurs
Sur les vieux murs se lit sans équivoque !
Et l'âme voit, dans ces lieux solennels,
Que cette tombe, où l'on nous fait descendre,
C'est le chemin des mondes éternels,
Qui pour nous tous est frayé sur la cendre !
    Et des ténèbres du cercueil
    S'échappent des flots de lumière,
    Lorsqu'on fait, dans les jours de deuil,
    Une visite au cimetière.

Quand votre front commence à se pâlir,
O malheureux qui projetez le crime,
Venez toujours, avant de l'accomplir,
Au cimetière, où la foi se ranime !
Si vous priez et tombez à genoux,
Je ne crains pas que votre âme succombe ;
Allez en paix, et je réponds de vous
Si de vos pleurs vous arrosez la tombe !

Dans des mains jointes pour prier
Ne tient pas l'arme meurtrière,
Et le crime doit s'effrayer
D'une visite au cimetière.

Ah ! je comprends tous vos sujets d'effroi !
Pourquoi vouloir déguiser votre crainte ?
Vous avez dit : mes amis, avant moi,
Sont tous venus loger dans cette enceinte,
Pour un moment encor je vais sortir ;
Mais à mon tour il faudra que je meure.
Dans cet asile il faudra revenir
Bientôt, demain, peut-être tout-à-l'heure.

Ne niez pas cette frayeur,
Qui disparaît dans la prière,
Lorsque l'on fait avec ferveur
Une visite au cimetière.

LES LARMES.

Lorsque le soir, pour passer la veillée,
On vous a fait quelques récits touchants,
Que du conteur la paupière est mouillée,
L'émotion gagne les assistants,

De ces récits, que grave la mémoire,
Le souvenir, quand il est rappelé,
Émeut toujours, et, dans cet auditoire,
De tous les yeux des larmes ont coulé.

A ce récit, et la mère et la fille,
Et les enfants, et jusques au vieillard,
Tous ont pleuré! vous seul, chef de famille,
Vous vous cachez pour pleurer à l'écart,
Et de vos pleurs vous rougissez peut-être.
Ah! cependant votre cœur s'est gonflé,
De vos calculs ce cœur s'est rendu maître,
Et devant tous vos larmes ont coulé.

Vieux serviteur, sois bien fier de ton titre,
Le jeune maître a dormi dans tes bras,
Et tous ses fils te prirent pour arbitre,
Quand dans leurs jeux naissaient quelques débats;
Tu ne peux plus leur rendre tes services,
Mais, bon vieillard, lorsqu'ils t'ont rappelé
Le souvenir de tous tes bons offices,
On le voit bien, tes larmes ont coulé.

Tu ne peux plus leur offrir que ton zèle,
Pour les aimer ton cœur n'a pas vieilli,
Si tu faiblis, si ta marche chancelle,
Ton âme est forte et n'a pas défailli :

Et quand pour toi la mort a sonné l'heure,
Long-temps après que tu t'en es allé,
Dans la famille on te cherche, on te pleure,
De tous les yeux des larmes ont coulé.

Si nous pouvions ô Prince des apôtres,
Lorsque nos cœurs s'ouvrent au repentir,
Verser toujours des pleurs comme les vôtres,
Des pleurs d'élite, et qui pussent sortir
Abondamment de nos âmes soumises,
Oh ! c'est alors que le Dieu révélé
Nous comblerait de ses grâces promises
Au pénitent dont les pleurs ont coulé.

Du fils ingrat ô respectable père,
Vous allez donc réprimer les écarts !
Il entendra votre parole austère,
Et le voici courbé sous vos regards.
Mais quoi, déjà vous perdez le courage !
De vos projets tout le plan a croulé !
Ah ! je le vois, c'est que sur son visage,
Pour vous fléchir, une larme a coulé.

Si dans l'été le soleil torréfie
Et fait jaunir les plantes et les fleurs,
L'aube a perlé des globules de vie,
Lorsqu'en rosée elle a changé ses pleurs

Pour ranimer et les fleurs et les plantes.
Ainsi lecteur votre cœur désolé
Toujours aura ses fibres moins dolentes,
Si de vos yeux des larmes ont coulé.

O pleurs touchants, mon âme vous désire,
Je vous appelle et je veux vous chanter !
Mouillez mes yeux, et tombez sur ma lyre,
Et goutte à goutte, afin de l'humecter.
Et quant à moi poète solitaire,
Lorsqu'au lecteur de vous j'aurai parlé,
Je suis certain que ces vers vont lui plaire,
Si de mes yeux des larmes ont coulé.

Oui, le poète, ô larmes éloquentes,
Est assuré de plaire à ses lecteurs
Lorsqu'il vous mêle à ses rimes touchantes ;
Il peut toujours, lorsqu'il chante les pleurs,
Ces pleurs si doux à l'âme poétique,
Faire passer dans le cœur désolé
Les sons plaintifs d'un luth mélancolique,
Quand sur ce luth des larmes ont coulé.

L'infortuné placé sous vos auspices
Déjà peut-être avait manqué de pain,
Ah ! grâce à vous, ô larmes protectrices,
Il a trouvé le monde plus humain !

Son indigence offre un tableau bien triste,
Mais c'est en vain qu'il l'avait déroulé,
Et cependant l'on s'émeut, on l'assiste,
Quand de ses yeux des larmes ont coulé.

De pain ou d'or quand vous faites l'offrande
A cet ami plongé dans les malheurs,
N'oubliez pas combien sa joie est grande
Lorsqu'il reçoit l'aumône de vos pleurs :
Le premier don s'adressait au physique,
Mais au moral le second a parlé,
La charité chez vous est magnifique
Quand de vos yeux des larmes ont coulé.

Lorsque parfois la douce bienfaisance
A soulagé des êtres malheureux,
Que les élans de la reconnaissance
Ont fait bondir quelques cœurs généreux,
Et lorsqu'enfin, parmi la race humaine,
Deux ennemis de leurs pleurs ont scellé
L'heureux accord qui fait tomber la haine,
De tous les yeux des larmes ont coulé.

Lorsqu'un mourant à son heure dernière
Envoit au ciel deux grands solliciteurs,
Son repentir et sa vive prière ;
Et comme aussi quand les persécuteurs

Sont pardonnés d'une sainte victime,
Ou que parfois le temps a dévoilé
Quelques beaux traits d'une amitié sublime,
On est certain que les pleurs ont coulé.

Je ne veux pas de votre stoïcisme,
Et je n'ai point l'habitude de voir
Dans les yeux secs des preuves d'héroïsme ;
Pour le héros qui remplit son devoir,
Jamais ses pleurs ne furent des entraves !
Chez nous la gloire est un fait révélé,
Et cependant, dans les yeux de nos braves,
Combien de fois des larmes ont coulé.

Ah ! c'est en vain que votre esprit étale,
Pour s'en servir dans les jours de douleur,
Ces ornements de la phrase banale
Qui court le monde, et que l'on sait par cœur !
Dans les chagrins votre éloquence est vaine ;
Jamais peut-être elle n'eût consolé
L'infortuné dont vous calmez la peine
Quand devant lui vos larmes ont coulé.

Ne versez pas ces pleurs que la colère
Fait fermenter dans les cœurs bouillonnants,
Ou que le fiel d'une âme atrabilaire
Tient suspendus à des cils frissonnants.

Mais sur le cœur si le chagrin vous pèse,
Si le remords vous avait bourrelé,
Il faut pleurer, car l'âme est plus à l'aise
Lorsque des yeux les larmes ont coulé.

Oui, je comprends vos indicibles charmes !
Ah ! venez donc ! coulez comme le miel !
Oh ! oui, venez, ô précieuses larmes !
Soyez pour nous comme un présent du ciel !
Pour émouvoir les âmes bienfaisantes,
Il suffira qu'une larme ait parlé.
Un cœur de fer, larmes attendrissantes,
Se ramollit quand vous avez coulé.

ANOMALIES.

Alors que nous avons des liens de l'enfance
Quelque peu dégagé notre pauvre existence,
Et que nous traversons cette terre de deuil,
Nos pieds à chaque pas se heurtent au cercueil.
Et dès que l'on commence à cheminer sans guide,
Il faut s'en retourner ! La course est si rapide

Qu'à peine à leur passage on peut saisir les ans
Qui vont inaperçus se perdre dans les temps !

Telle est, faibles humains, votre plainte incessante ;
Et pourtant vous voulez que l'heure obéissante,
Quand vous cherchez à fuir l'ennui qui vous poursuit,
Accélère pour vous et le jour et la nuit.
Mais l'on aurait pitié de vos palinodies,
Quand le monde bruyant n'a plus vos sympathies,
Et que vous regrettez d'avoir laissé passer
Vos beaux jours de printemps sans les utiliser,
Imprudents ! si malgré ce regret légitime,
Ce louable regret que votre bouche exprime,
Vous alliez oublier vos vieux jours d'ici-bas
Dans un lâche repos ou dans un vain fracas.

Vous aviez dépéri comme l'herbe pilée,
Déjà dans vos regards la vie était voilée,
Votre mère poussait des sanglots déchirants,
Vous étiez renversé sur le lit des mourants.
Si jeune, et s'en aller ! hélas ! cette jeunesse,
Qui ne s'aperçoit pas des pièges que lui dresse
La mort, quand elle veut lui barrer le chemin,
Ne peut donc s'assurer d'un peu de lendemain !

Mais vous voilà debout et vous marchez encore,
Votre visage est frais, la santé le colore,

La mort n'a pas voulu profiter du moment
Et ne vous a donné qu'un avertissement.

Un jour, vous reviendrez au modeste hermitage
Pour jouir en repos des passe-temps du sage,
Mais vous vous réservez ce plaisir sérieux
Comme un dernier plaisir, comme un plaisir de vieux.
Lorsqu'à force de soins, de poursuite et d'attente,
Vous aurez ramené la fortune inconstante,
Vous viendrez, dites-vous, dans les champs délaissés
Semer à pleines mains l'or que vous amassez,
Et vous y procurer la douce jouissance
Que toujours, sans mécompte, offre la bienfaisance ;
Mais plus tard, n'est-ce pas ? oh ! oui, je vous entends !
Vous n'êtes pas d'avis d'accourcir le printemps ;
Un jour s'accomplira cette heureuse promesse,
Mais il faut que ce jour soit pris sur la vieillesse.

C'est un pauvre calcul ! et vous triste vieillard,
Peut-être vous allez me dire aussi : plus tard !
Ah ! lorsque votre front est labouré de rides,
Que vos cheveux sont pleins de ces neiges perfides
Qui viennent dévoiler, à votre grand regret,
Ce chiffre de vos ans que vous teniez secret,
Que du soin de briller le monde vous délivre,
C'est à vous de savoir recommencer à vivre.

L'esprit dont la raison posa les fondements
Ne fait dans son hiver que changer d'ornements.

Si des amis nouveaux dans le monde où vous êtes
Viennent vous inviter d'assister à leurs fêtes,
J'accepte, dites-vous, avec empressement,
Et je saurai m'y prendre assez habilement
Pour que tous les laquais et qu'ensuite le maître
Soient comme émerveillés de me voir apparaître.
J'aurai dans mes regards une douce fierté
Et dans mes vêtements un luxe inusité ;
Mon esprit est fertile et ma tête est meublée.
Je saurai débiter la maxime ampoulée,
La flanquer au besoin de ces pâles bons mots
Que j'assaisonnerai du sel de l'à-propos.
J'arriverai toujours la mémoire garnie
Des récits éloquents dont je l'aurai munie,
Je saurai, pour m'aider dans ces puissants efforts,
Aux chroniques du jour demander des renforts.
Et pour mieux triompher je saurai, quoiqu'on fasse,
M'armer de pied en cap de finesse et d'audace,
Car ces deux grands ressorts ne me manquent jamais.
Jeune présomptueux ! de semblables succès
Sont du désœuvrement le plus triste apanage.
Et pourquoi donc ainsi gaspiller à votre âge

17

Des jours qu'à votre insu le temps va balayer,
Des jours que les enfants sauraient mieux employer ?
Et vous viendrez après, d'une voix désolée,
Nous dire que la vie est trop tôt écoulée.
Ah ! le repos donné par le désœuvrement,
Ce n'est pas le repos, c'est l'engourdissement !
    Quelquefois, faisant trève à vos projets futiles,
Vous avez, pour jouer des rôles plus habiles,
Comme peut-être font tant d'autres courtisans,
Pris de l'humilité les dehors séduisants,
Pour attirer à vous quelque grand personnage
Dont vous sollicitez l'utile patronage.
C'est ainsi qu'ici-bas tous ces pauvres humains
De leurs jours les plus longs se font des jours restreints.

    Que nous faisons de vœux pour que l'hiver s'enfuie,
Quand le vent, qui s'acharne à notre parapluie,
En brise la monture ou le tourne à l'envers ;
Que d'un limon glacé les chemins sont couverts,
Que nous piétinons sur le pavé des rues
Sans pouvoir nous garer des rigoles accrues,
Que nous rentrons chez nous pliés dans un manteau,
Les cheveux pleins de givre et les souliers pleins d'eau !
    Chaque heure qui s'en va, chaque jour qui s'efface,
C'est un bonheur pour nous, c'est l'hiver que l'on chasse.

L'hiver qui, sans pitié pour les pauvres frileux,
Les tient presque toujours frissonnants ou boueux.
C'est toujours avec lui la terre qui grelotte,
De l'eau qui se transit ou du vent qui sanglotte.

    Mais l'on fête déjà le printemps revenu,
Le jour est plus vermeil et l'arbre est moins chenu,
Le soleil est plus gai qu'il n'est à l'ordinaire,
L'oiseau plus babillard, le vent plus débonnaire,
Le vert commence à poindre, et, comme avant-coureurs,
Déjà sur la prairie arrivent quelques fleurs.
Et d'autres vont venir, et, pour joncher ses routes,
Le printemps les ramène et nous les montre toutes.
Les rameaux sont vêtus, la campagne sourit
A ses champs embaumés où tout chante et fleurit,
Et tout, dans les bosquets, reverdit ou s'émaille ;
Le villageois reprend son grand chapeau de paille,
La casaque de toile et les chansons d'azur,
Et s'en va dans les champs déguster de l'air pur,
Et, pour se réchauffer, récolter les prémices
De ce soleil naissant, qui plus tard, aux solstices,
Nous enverra du feu sous forme de rayons.

    Oh ! oui, ce doux printemps, quand nous le revoyons,
Ce printemps désiré qui semble tout refaire,
Et marquer son retour par une nouvelle ère,
C'est toujours au hameau qu'il est le mieux fêté ;
On le fête pourtant jusques dans la cité,

Où les enfants joyeux, couvrant les promenades,
Reprennent, en plein vent, les jeux et les gambades ;
Le vieillard que le temps veut encore épargner,
Jusques sur le perron se fait accompagner.
Il ne peut plus aller courir sur la verdure
Pour jouir des beaux jours que chante la nature ;
Et, sans abandonner le bras qui le soutient,
Ce vieillard semble dire au printemps qui revient :
Je sais, joyeux enfant, que tu viens de renaître !
Tes parfums me l'ont dit, et puis sur ma fenêtre
Les timides rayons de ton jeune soleil
Étaient déjà venus m'annoncer ton réveil.

Vous dont l'impatience à nos yeux se révèle,
Alors que vous courez à la saison nouvelle,
Qu'allez-vous devenir ? car bientôt ce printemps
Va vous abandonner comme les précédents,
Et serrer les décors qu'il s'apprête à détendre !
C'est le printemps prochain que vous allez attendre.
Pour franchir d'un seul bond ces jours pâles et froids
D'un hiver importun qui, sourd à votre voix,
Sans s'occuper de vous suit sa carte routière,
Souvent, sans marchander, de votre année entière,
Lorsque vous accusez le temps de se hâter,
Vous seriez désireux de pouvoir les ôter,
Sans chercher à savoir si la raison s'explique
Ces contradictions qui blessent la logique.

Des mobiles esprits ce sont là des travers
Sur lesquels je vais faire encore quelques vers.

Quand revient ce grand jour où l'an qui recommence
Avertit les humains que leur course s'avance,
Les enfants, réveillés dès l'aube du matin,
Vont, au sortir du lit, ramasser leur butin ;
De jouets, de bonbons, ils vont faire la quête,
Et, richement vêtus de leurs habits de fête,
Ils vont vous débiter le compliment flatteur
Que depuis quinze jours ils apprennent par cœur.
Mais lorsque leur mémoire a fait cette dépense,
Ils en veulent soudain avoir la récompense.
Ah ! combien de chagrins vous pourriez leur causer
Si vous faisiez semblant de la leur refuser !
Car, pour se préparer à la cérémonie,
Peut–être il leur en coûte une nuit d'insomnie.

Puis le père et la mère et tous les bons aïeux,
Les parents, les amis, les rendent tout joyeux
En leur distribuant ces heureuses étrennes
Auxquelles ils songeaient depuis plusieurs semaines.
Mais d'autres visiteurs viennent vous relancer ;
Essayons quelque peu de vous les esquisser :
Le premier qui paraît c'est ce valet modèle
Qui depuis l'avant–veille a redoublé de zèle.
Les servantes suivront, le cocher, le frotteur,

Et puis la blanchisseuse, et même le facteur ;
Et tant d'autres qui font payer leur ministère,
Et perçoivent en sus cet impôt volontaire,
Cet impôt que l'on paie aussi fidèlement
Que tant d'autres qu'on doit plus légitimement.
Cependant j'applaudis à cet usage antique,
Car l'étrenne, agissant comme un heureux topique,
Souvent à mon avis peut faire quelque bien
Au pauvre qui se cache et ne demande rien.

    Et puis à votre tour, suivant votre coutume,
Vous avez revêtu votre plus beau costume
Pour aller satisfaire au cérémonial,
Recevoir en chemin le salut cordial
De l'ami qui plus tard aura votre visite,
Ou qui vous tend la main pour vous en tenir quitte,
Courir de porte en porte, et remettre en tout sens
Des cartes aux laquais pour les maîtres absents.

    Et partout des chevaux aux fringantes allures
Roulent sur les pavés d'élégantes voitures ;
Les chemins sont remplis, durant ces premiers jours,
De facteurs, de cochers, de laquais, de tambours.
L'amitié, le devoir, l'étiquette, l'usage,
Forcent les visiteurs à quitter leur ménage.
Mais le soir au logis lorsqu'ils sont tous rendus,
Songent-ils, comme moi, qu'ils ont un an de plus !

    Ah ! si chacun de nous, tant que dure l'année,

Écrivait chaque soir l'emploi de sa journée,

Que ce qu'on a pu faire ou dire d'important

Fût sur un agenda transcrit exactement,

Le frivole vieillard qui regrette son gîte

Pourrait, lorsqu'il se plaint que le temps marche vîte,

Promener ses regards sur ce compte-rendu.

Lorsqu'il verrait combien de temps il a perdu,

Hélas ! il se dirait, dans sa douleur amère :

Que sur quatre-vingts ans de sa vie éphémère

Le sommeil, la paresse et la frivolité

Ont laissé peu de chose, et que, tout bien compté,

On voit, si l'on parcourt l'agenda véridique,

Que des quatre-vingts ans que le calcul indique,

Et qui sont en entier sans retour révolus,

On a vécu peut-être un lustre tout au plus.

Et si le biographe, à qui vous feriez croire

Qu'il est intéressant d'écrire votre histoire,

Pour être plus certain de ses renseignements,

Vient sur cet agenda puiser ses documents,

Et s'il met de côté les choses puériles,

Hélas ! il vous dira que vos actes utiles

Sont en bien petit nombre, et qu'il a remarqué

Que ce n'est pas le temps qui vous avait manqué.

C'est vers cet avenir dont on se montre avide,

Qu'alors que l'on se plaint que le temps est rapide,

On s'empresse toujours de le précipiter,
Tandis que dans sa marche on voudrait l'arrêter.

Mais lorsque j'ai déjà tant de pages remplies,
Et que je suis certain que ces anomalies
Aux esprits attentifs ne peuvent échapper,
Pourquoi de ce sujet plus long-temps m'occuper ?

LES TRANSITIONS.

Lorsque dans nos cités, pour les fêtes publiques
Le programme affiché promet des jeux pyriques,
Partout jeunes et vieux s'apprêtent à les voir ;
La ville et les faubourgs, aux approches du soir,
D'avides curieux emplissant chaque rue,
A flots précipités déversent la cohue ;
Le joyeux promeneur accélère le pas,
Lorsque chemin faisant il entend les éclats
Que jette dans les airs la première fusée ;
Puis enfin l'on arrive, et la foule empressée
S'empare de l'espace et resserre les rangs,
Le vieil habitué, placé depuis long-temps,

Si vous l'interrogez vous rend le bon office
De vous dire le nom des pièces d'artifice,
Le spectateur blasé sourit avec dédain,
Et pourtant comme vous reste jusqu'à la fin ;
Et l'amateur éprouve une peine secrète
Lorsqu'il voit arriver l'heure de la retraite ;
Mais il faut s'en aller, et le bouquet final
Du départ du public a donné le signal,
Et la foule s'ébranle, et, cherchant une issue,
Sur les points de sortie elle-même s'obstrue ;
Puis elle est moins compacte et ralentit son jet,
Dans ses rangs éclaircis quelque vide se fait :
Et l'on circule mieux, et bientôt cette foule
Marche d'un pas tranquille et lentement s'écoule,
Elle se dissémine et, lorsqu'il est plus tard,
A peine si l'on voit au loin quelque traînard
Qui suit à pas comptés la route déblayée,
Et puis tout disparaît, la place est balayée.

    Et je voudrais pouvoir dire l'impression
Que me fait éprouver cette transition !
Le sol était chargé d'une masse animée
Qui se perd à mes yeux comme un jet de fumée,
Et le calme a repris toute sa profondeur !

    Ainsi, lorsque la voix du bruyant orateur
Qui se fait applaudir par la foule attentive,

Et deux heures durant tient l'oreille captive,
Ne se fait plus entendre, alors que tout se tait,
Le silence est subit, l'auditoire est muet,
Et la transition, si difficile à rendre,
Est d'un sublime effet pour qui sait la comprendre !

O vous qui fréquentez en fidèle assidu
Les temples du Seigneur, vous avez entendu
Des versets éloquents la grave psalmodie,
Ou des hymnes pieux la douce mélodie !
Vous vous êtes émus de ces accords touchants !
Votre âme s'est mêlée à ces augustes chants,
Et s'élève vers Dieu rayonnante et soumise ;
Et vous êtes certain d'éprouver dans l'église
De ces impressions qu'en vain l'on cherche ailleurs :
La parole et les chants y nourrissent les cœurs,
Et quand la voix se tait, le silence s'anime,
Et la transition est d'un effet sublime !

Dans les jours où l'on tient de célèbres marchés,
D'élégants promeneurs les pavés sont jonchés ;
On achète et l'on vend, et, tant que le jour dure,
La foule se grossit comme un flot qui murmure :
Elle forme des tas de simples curieux,
De marchands et d'oisifs, de jeunes et de vieux.

Mon désir d'observer quelquefois me ramène
Dans ces lieux où la veille on circulait à peine :
Aujourd'hui tout est vide, hier tout était plein !
Et du bruit au repos quel passage soudain !

   Ah ! que tout est changé ! le marchand déménage
Et tous ces promeneurs, qui barraient le passage,
Se sont emprisonnés dans leurs appartements,
Et laissent le champ libre à mes raisonnements.

   Dans ces lieux confidents de ma pensée errante,
Je n'ai pu pénétrer cette foule bruyante
Qui les envahissaient roulant ses flots épars,
Et c'est là que j'ai vu tant de bons campagnards
Qui s'étaient dérobés à leurs champs si tranquilles
Pour venir se mêler au tumulte des villes.
Ils pourront l'an prochain revenir parmi nous ;
Mais lorsqu'ils reviendront, vont-ils revenir tous ?

   Cependant aujourd'hui des bateaux ou du coche,
Depuis le point du jour le forain se rapproche ;
Il s'enfuit d'un pays qui n'était pas le sien,
Et cette place est vide, il ne reste plus rien !

Quand de l'aube naissante un rayon charitable
A fait évanouir un rêve épouvantable,
Et que le cauchemar qui, de son poids affreux,
Écrasait sans pitié votre cœur douloureux
Et qui vous étreignait dans ses serres funèbres,

Se meurt lorsqu'il n'a plus l'aliment des ténèbres,
Que le calme revient, et que le jour qui luit
Est venu dissiper les terreurs de la nuit,
Il vous semble passer de la mort à la vie,
Et la transition est vivement sentie !

   Mais dans les plus beaux jours les peines d'ici-bas
Déchirent notre cœur et ne choisissent pas
Comme le cauchemar les nuits les plus obscures
Pour lui faire subir de cruelles tortures !
Ne voit-on pas aussi des jours au front vermeil,
Qu'une saison riante inonde de soleil,
Receler dans leurs flancs des tempêtes soudaines ?

   Quand les chagrins cuisants et les secrètes peines,
Auxquels vous avez cru que le monde était sourd,
Ont pressé votre cœur de leur poids le plus lourd,
Et que subitement la joie est revenue
Comme un brillant soleil qui dissipe la nue,
Et que tous ces chagrins qui vous ont tourmenté
Sont comme si jamais ils n'avaient existé,
De ce soulagement votre âme est étonnée !

   Et lorsqu'après deux mois d'une fièvre obstinée
Qui vous avait cloué sur un lit de douleur,
Votre front a perdu sa fébrile chaleur,
Et qu'un pouls, qui battait sans marquer d'intervalle,
A repris tout-à-coup son allure normale,

Et qu'après avoir vu le tombeau de si près
La santé vous revient plus forte que jamais,
Tout cela fait l'effet d'un changement magique
Que l'on comprend toujours bien mieux qu'on ne l'explique !
Je ne prétends donc pas savoir vous l'expliquer,
J'ai voulu seulement le faire remarquer.

Lorsqu'une nuit sereine a déplié ses voiles
Qu'elle inonde d'azur et parsème d'étoiles,
D'étoiles que Dieu seul pourrait en détacher,
Puisque ce n'est que lui qui leur dit de marcher,
De se former en groupe, ou d'aller, solitaires,
Aux mystères du ciel ajouter leurs mystères,
A pas lents moi je vais regagner mon logis,
Et cheminant tout seul quelquefois je me dis :
Où sont donc ces mortels qui montraient tant d'audace ?
Des mondes animés je cherche en vain la trace !
La rue est solitaire et la vie en repos,
La nuit a fait cesser le bruit et le cahos !
Quand la lune revient et doucement m'éclaire,
Il n'est donc plus que moi qui foule cette terre !
Des humains entassés le sol était couvert,
Et je vois maintenant que ce sol est désert !
Là, j'ai vu s'étaler la toilette des mondes ;
C'est ici qu'emportant les heures vagabondes,

Des chars resplendissants roulaient avec fracas,

Ou que des gens d'affaire expliquaient leurs débats;

Qu'ils viennent ces géants à la taille d'atomes,

Ce ciel va les couvrir de magnifiques dômes !

Mais ils ne viennent pas, ils se sont effacés ;

Dans les bras du sommeil ils se sont renversés !

Et quand j'étais témoin de leurs ris, de leurs fêtes,

On eût dit que leurs fronts défiaient les tempêtes.

Mais non, pauvres humains, nous cherchons le repos,

Ce repos précurseur de celui des tombeaux,

Nous allons, s'il se peut, fermer notre paupière ;

Et demain, quand le jour reprendra sa lumière,

Et qu'il remontera son brillant appareil,

Va-t-elle donc sonner notre heure de réveil !

L'ORGUEIL.

—

Oh ! oui, grand Dieu ! pardonnez aux murmures

De ces ingrats et fragiles humains !

Ayez pitié de l'œuvre de vos mains !

Ne frappez pas ces faibles créatures !

Et que sommes-nous donc, ô superbe mortel,
  Que sommes-nous dans la nature entière ?
  Hélas ! bien peu : quelques grains de poussière
Qui tombèrent jadis des mains de l'Éternel.

  Si des volcans les laves meurtrières
  Enveloppaient vos cadavres fumants,
  On pourrait voir vos frêles ossements
  Disséminés en sanglantes poussières.
Un arbre dans sa chute a pu vous écraser ;
  Le filet d'air qui passe sur vos têtes,
  Le moindre choc des plus faibles tempêtes,
Sans prendre garde à vous pourraient vous renverser.

  S'ils se mouvaient ces rochers formidables,
  Que feriez-vous ô braves matelots ?
  Ah ! vous iriez vous perdre sous les flots,
  Comme une fleur qui se perd dans les sables.
Si la mer vous roulait dans ses flots menaçants,
  Voguant au gré de l'onde furieuse
  Vous auriez l'air d'une plume soyeuse
Ou d'un papier léger que ballottent les vents.

  Que feriez-vous, si la terre rebelle
  Ne voulait plus vous remettre ce grain
  Que vous aviez déposé dans son sein,
  Et qu'en pleurant vous sollicitez d'elle ?

Et lorsque votre soif demande à s'étancher
 Pour tempérer le feu de vos artères,
 Si de vos puits les sources salutaires
Dans la saison ardente allaient se dessécher ?

 Lorsque, plié dans son manteau de neige,
 L'hiver revient secouer les frimas,
 Que l'ouragan, la pluie et le verglas
 Se sont mêlés pour suivre son cortège,
Ah ! que je vous plaindrais si le tison boudeur
 Dans vos foyers manquait d'obéissance,
 Et vous privait de l'heureuse assistance
Que vient vous prodiguer un feu réparateur !

 Faibles mortels, que la terre supporte,
 Vous si hautains en passant ici-bas,
 Que l'on dirait que vous ne savez pas
 Que la mort veille et qu'elle vous escorte ;
O vous qui vous montrez si fiers et si chétifs,
 Venez à moi quand ma muse vous somme ;
 Venez donc tous, car j'interroge l'homme :
Je veux de son orgueil connaître les motifs.

 Va-t-il cet homme, essayant son audace,
 Habituer ses yeux à regarder
 Ce beau soleil qui pourrait le darder,
 Ce beau soleil qui le regarde en face ?

Et, lorsque les brouillards en forment les tissus,
Parviendra-t-il à découdre ces voiles
Qu'avec tant d'art, pour cacher ses étoiles,
D'un fil mystérieux la nuit a recousus ?

S'il va chanter au haut de la montagne,
Tandis que moi je l'écoute d'en bas,
Il se peut bien que je n'entendrai pas
Sa voix au loin mourir dans la campagne
Comme vont y mourir les chants du rossignol.
Et notre pied qui menace la terre
Est entravé par une herbe légère
Qui vient de naître à peine et rampe sur le sol.

Verrai-je donc, ô mortel si superbe,
Que votre main, comme une main de fer,
Soulève un roc et l'agite dans l'air
Comme on pourrait agiter un brin d'herbe ?
Verrai-je à votre aspect frissonner les coteaux ?
Oh ! certes non, et c'est comme un prodige
Quand vos deux mains enlacent une tige
Du moins développé des jeunes arbrisseaux !

De votre orgueil si l'on cherche la source,
La trouve-t-on sous des montagnes d'or ?
Hélas ! que fait le plus riche trésor
Lorsqu'ici-bas s'achève notre course ?

18

Ah ! vous le savez bien que l'on descend tout seul
    Dans le cercueil où les morts vont se rendre,
    Que pour vêtir quelques restes de cendre,
Il suffit qu'avec soi l'on emporte un linceul !

    Votre génie a-t-il donc fait éclore,
    Et votre esprit a-t-il su décorer,
    Pour nous forcer à le mieux admirer,
    Un objet d'art dont le pays s'honore ?
Courbez malgré cela vos fronts humiliés,
    Et terrassez votre orgueil périssable,
    Ou venez donc compter les grains de sable
De ce petit espace où se posent vos pieds.

    Pour célébrer des gloires vaniteuses,
    Qu'est-il besoin des amis complaisants
    Si vous pouvez endormir les autans,
    Et mettre un frein aux ondes ravageuses,
Si vous parlez en maître, et que du haut des cieux,
    A votre voix descende le miracle,
    Ah ! librement, sans que j'y mette obstacle,
Portez la tête haute et soyez orgueilleux !

    L'homme pourtant est grand et magnifique
    Quand on le voit sous un plus beau côté :
    Dans la nature il a la primauté,
    Il l'a malgré sa faiblesse physique ;

Et de ces animaux au courage brutal
    Dont il prévient la colère sauvage,
    Il reste maître alors qu'il fait usage
Des puissants attributs de son être moral.

    Dieu dit, tout cède, et tout veut le comprendre !
    Êtres divers qui pratiquez ses lois
    Vous êtes tous dociles à sa voix,
    Tous empressés, tous heureux de l'entendre.
Cependant l'un de vous est désobéissant,
    Et lui tout seul est rebelle à son maître :
    Cet être est l'homme, et l'homme c'est cet être
Que Dieu se réserva, que Dieu fit si puissant !

    Le choléra, la peste, la famine,
    Et le déluge et les noirs ouragans,
    Le feu du ciel, la lave des volcans,
    Tous ces fléaux c'est Dieu qui les domine ;
C'est lui qui de sa main peut les enchaîner tous ;
    C'est lui qui peut dans sa grâce infinie,
    Quand ces fléaux menacent notre vie,
Si nous l'intercédons, les écarter de nous.

    Il est un mal encor plus délétère
    Que les fléaux que je viens de nommer,
    Et qui devrait bien plus vous alarmer !
    C'est le péché ! mais Dieu qui nous éclaire

Nous a fait assez forts pour nous en garantir.

Et le péché, cet assassin de l'âme,

Plus destructeur que le fer et la flamme,

A pour contre-poison les pleurs du repentir.

Pauvres humains, votre raison s'abuse

Si vous croyez que la fatalité

Doit vous conduire à la perversité.

Je n'admets pas une si folle excuse.

La grâce est un secours qu'il nous faut implorer ;

Il faut aussi que, libre dans son zèle,

L'homme qui veut une gloire immortelle

A son propre salut veuille coopérer.

Oh ! oui, pécheurs, pour vous il est notoire

Que votre esprit dans son état normal

A bien compris, quand vous faisiez le mal,

Que vous pouviez remporter la victoire.

Oh ! non, vous n'avez pas de motifs à donner

Pour pallier une œuvre criminelle,

Car dans votre âme une voix solennelle

Vous parlait assez haut pour vous en détourner.

Quand devant toi la nature s'incline,

Et qu'elle rend hommage à ton pouvoir,

Homme si fier, es-tu donc à savoir

Qu'en te créant, Dieu de sa main divine

A gravé dans ton âme un sceau de dignité ?

    J'aurais pitié de ton intelligence,

    Lorsque cette âme est ta seule puissance,

Si tu n'admettais pas son immortalité !

MOI.

Je pense qu'il est temps de clore ce volume :

Suspendons notre lyre, et laissons notre plume

Courir tout à son aise et prendre un libre essor.

Pour remplir les feuillets qui me restent encor,

Je m'adresse à ma muse et je compte sur elle.

    Mais je puis composer une pièce nouvelle,

Et moi-même je puis en être le sujet !

Pourquoi pas ? Eh bien ! donc, j'accomplis ce projet.

Ce projet est hardi ! ma muse en devient blême !

Et vous croyez, lecteurs, que je rêve un poème

Dont je veux à tout prix me faire le héros ?

Non, ayez sur ce point votre esprit en repos,

Je n'ai pas ce dessein ; mais souffrez, je vous prie,

Que je fasse avec vous un peu de causerie.

Et d'abord, sans vouloir vous causer des ennuis,

Je vais succinctement vous dire qui je suis,

Et vous parler de moi sans autres préambules :

Mon nom et mon prénom, tracés en majuscules,
Vous les apercevez en jetant un coup d'œil
Sur la parche employée à couvrir ce recueil.
Je ne fais pas ici ma généalogie.
Je dirai seulement, pour toute apologie,
Que sans crainte au grand jour je puis la dérouler
Sans y trouver un nom qui doive se voiler.

J'attache peu de prix aux vanités du monde.
Pourtant je suis fier d'être enfant de la Gironde.
Et c'est à Landiras qu'est mon pays natal,
C'est là qu'on me porta sur le fond baptismal
Pour m'y marquer du sceau des enfants de l'église.
Ainsi vous comprenez sans que je vous le dise,
Pourquoi, par préférence à tant de noms divers,
Ce nom de Landiras prend place dans mes vers.

Mais où sont aujourd'hui mes amis du jeune âge ?
Chacun de son côté fit son pèlerinage :
S'il en est quelques-uns que j'ai vu revenir,
Combien d'autres la mort a voulu retenir !
Ma pensée a souvent des marches rétrogrades :
C'est alors que je songe à mes vieux camarades ;
Et lorsque le passé me demande un regard,
Je songe à ces amis qui faisaient pour leur part,
Marchant à mes côtés, le stage de la vie.
J'ai de leur souvenir la mémoire remplie.

Mais j'ai perdu leur trace et je ne puis savoir
Si jamais ici-bas je devrai les revoir,
S'ils ont déjà quitté cette terre d'attente,
Sur des bords éloignés s'ils ont dressé leur tente,
Ou si, de mon pays reprenant le chemin,
Ils viendront quelque jour pour m'y serrer la main.

   Ma vie assurément, comme tant d'autres vies,
A sa part de tableaux et de péripéties,
Elle a bien des détails que je pourrais narrer,
Mais je me détermine à ne vous la montrer
Que sous un seul côté, son côté poétique.

   J'aurais bien pu donner à ma muse gothique
Quelques airs de jeunesse et des atours nouveaux,
Et, quoiqu'elle se plaise à chanter les tombeaux,
L'engager quelquefois à se faire railleuse,
Et vous la présenter sarcastique et rieuse.
Mais quand je l'ai soumise à mes recensements,
Je me suis aperçu qu'elle manquait de dents
Et qu'elle était sans fiel, que, charitable et bonne,
Elle ne causerait du chagrin à personne.
Ce n'est pas un malheur, c'est peut-être un grand bien,
Car le rire après lui souvent ne laisse rien.
Le sarcasme a toujours quelque chose de traître,
Et la trace qu'il laisse est longue à disparaître.
Il est pour l'ordinaire à l'usage des gens
Qui n'osent faire voir leurs pensers indigents.

A force de briller l'esprit se fait absoudre,
Malgré qu'il fait souvent plus de mal que la foudre.
Le rire est quelquefois pacifique et joyeux,
Mais de larmes de sang il injecte les yeux,
Si, pour le provoquer, dans le cœur qu'on déchire
On plonge trop avant le fer de la satire.

On me pardonnera cette digression :
Elle est le fruit mûri d'une réflexion
Qu'a fait naître mon cœur et qu'à loisir j'ai faite.
Cela dit, je reviens au sujet que je traite.

Mais ici le sujet que vous avez choisi
C'est vous ? Oh! oui, c'est moi ; je l'entends bien ainsi.
Alors, à votre gré, dira-t-on, votre muse,
S'arrogeant sans façon un droit dont elle abuse,
Va nous parler de vous, et sur vous longuement
Disserter à son aise et sans ménagement ?

Non certes, car, lecteurs, vous pouvez bien m'en croire,
Je n'ai pas le désir d'écrire mon histoire.
Lisez jusques au bout, et vous saurez pourquoi
J'ai cru qu'il était bien de vous parler de moi.

J'ai l'espoir que mes vers obtiendront votre estime,
Cet espoir est l'objet de ma pensée intime.
C'est bien présomptueux, n'est-ce pas ? Et pourtant
Quand, pour juger mes vers, je me crois compétent,
A quoi bon décliner cette judicature ?
Mais c'est là de l'orgueil ? Oh ! non, je vous l'assure,

L'orgueil ne me va pas, il ne m'alla jamais,
Même dans ce recueil je lui fais son procès ;
Car si je fais des vers, d'autres font autre chose.
Et bon nombre de gens qui n'écrivent qu'en prose ·
Obtiennent sans obstacle un succès mérité,
Auquel je rends hommage en toute humilité.
· Si jadis, quand ma muse était plus juvénile,
Elle avait rencontré quelque presse docile
Qui, pour encourager mes timides essais,
Eût produit au grand jour les vers que je faisais,
J'aurais pu, frémissant de votre arrêt sévère,
Me montrer plus modeste et non pas plus sincère.
Les jeunes écrivains aux jours de leurs débuts
Ont des illusions qu'à mon âge on n'a plus.

On fait bien d'applaudir une muse naissante
Qui, naine à son berceau, peut devenir géante,
Et, comblant au retour le vide du départ,
Pauvre dans ses débuts peut s'enrichir plus tard
Et doter le pays d'une œuvre de génie
Qui peut-être sans vous eût péri d'atonie,
Et ne doit son éclat qu'aux applaudissements
Où son auteur puisa ses encouragements.

Quant à moi, je désire obtenir le suffrage
Du public éclairé qui lira mon ouvrage.
Pour qu'on juge mes vers, j'ai fait voir sans détour
Le but auquel je vise en les mettant au jour ;

Et ce but c'est celui que de nouveau j'explique
Dans la pièce où je fais ma table analytique.

Je fis beaucoup de vers, et j'en faisais je crois
Quand j'ignorais encor les plus vulgaires lois
De cet art qui nous dit comment il faut les faire.
Avant de pénétrer dans le champ littéraire,
J'en avais parcouru quelques sites épars
Dont l'aspect verdoyant captivait mes regards.
Mais ce champ, qui de loin me tenait en extase,
Se cachait à mes yeux sous des rideaux de gaze.
A travers ces rideaux je voyais quelques fleurs,
Je laissais les parfums pour courir aux couleurs.
Alors, si mon esprit n'eût pas manqué d'audace,
Si j'avais, demandant qu'à mes vers on fît place,
Au lieu du jour obscur du petit comité,
Su leur donner l'éclat de la publicité,
Peut-être que j'aurais forcé la renommée
A déployer sur eux son manteau de fumée.
Mais de la vanité j'ignorais le tourment !

Bientôt j'eus de mes vers un grand assortiment.
Ils étaient dégrossis, et déjà leur facture
Devenait chaque jour plus correcte et plus pure ;
Mais la forme était tout et le fond n'était rien
Dans cet amas de vers que je faisais si bien.
Leur couleur, il est vrai, devenait plus vermeille,
Ils pouvaient satisfaire aux désirs de l'oreille,

Mais pour les composer j'avais cousu des mots
Et j'avais décoré des cadres sans tableaux.
Je trouvais suffisant, dans ce genre d'escrime,
De cadencer le vers et d'y souder la rime.
Ma pensée était jeune, elle aimait à fleurir,
C'était avec les ans qu'elle devait mûrir.
Et maintenant, rebelle au temps qui la dévore,
Alors qu'elle est mûrie elle mûrit encore.

Ah ! quand notre pensée a de la dignité,
Son hiver est plus beau que le plus bel été ;
Et plus elle vieillit, plus elle devient belle,
Elle a des ornements majestueux comme elle,
Elle se purifie, elle se rajeunit
Avec le feu sacré que l'âme lui fournit.
Et ma raison, qui donne une clarté plus vive,
Lorsqu'elle suit de près l'âme contemplative,
Use de son empire, et, depuis bien des jours,
Influence ma muse et lui prête secours.

C'est cependant bien tard que j'ai conçu l'idée
De composer un livre ayant quelque portée.
Mais d'avoir attendu je n'ai pas de regrets,
Car ma muse ridée est toujours en progrès.
Je vois qu'elle est docile et qu'elle s'habitue
Au travail tout mental que je fais dans la rue.
Et je dois avouer que je suis bien souvent
Très-satisfait des vers que je fais en plein vent.

Là, sans m'embarrasser de plumes, d'écritoire,
De mes vers ambulants je charge ma mémoire,
Et lorsqu'elle est d'avis de me faire défaut,
Et qu'elle se refuse à rendre ce dépôt,
Je regrette assez peu, puisque j'en ai le moule,
Quelques vers oubliés ou perdus dans la foule;
J'en ai gardé l'idée, et pour moi c'est assez,
Et pour la revêtir je fais de nouveaux frais,
Sans me préoccuper du temps que j'y dépense.
Et si quelqu'un me force à lever la séance,
Je refoule ces vers au fond de mon cerveau,
Où je les mets sous clé comme dans un caveau.
Puis j'impose silence à ma muse tenace,
Pour écouter l'oisif qui me débite en face
Ces tristes lieux communs dont sont alimentés
Les maigres entretiens des esprits écourtés,
Ces phrases au porteur servant de protocoles,
Aux récits ennuyeux d'anecdotes frivoles.

Et lorsque l'entretien commence à s'engager,
A l'usage établi pour ne pas déroger,
Sur l'état sanitaire il faut qu'on se prononce;
La demande est de forme, on attend la réponse,
Et souvent sans l'attendre on change de propos.
Et lorsque vous aurez énuméré vos maux
A des gens qui parfois ne s'en émeuvent guères,
L'impoli vous dira qu'ils sont imaginaires,

Qu'il voudrait ne jamais en avoir de plus grands.

Un autre promeneur, qui, pour passer le temps,
Est venu vous parler des lois de l'hygiène,
Blâme votre méthode et vous vante la sienne,
Il vous la garantit, et, sans la discuter,
Comme ses bons aïeux, il veut la pratiquer,
Et tenir pour certain qu'elle a sa raison d'être
En dehors du savoir, qu'il ne veut pas connaître.
Ensuite il vous dira que les vents sont au nord,
Que le soleil nous grille ou bien qu'il gèle fort,
Qu'on voit sur les pavés une boue importune.
Et s'il vous dit l'instant du lever de la lune,
Il vous fera subir le sourire moqueur
D'un ignorant qui sait son almanach par cœur.

Il ne vous quitte pas qu'il n'ait au préalable
Censuré les amis qu'il invite à sa table,
Parlé de sa dépense et de son revenu,
Et des repas qu'il donne expliqué le menu.
Il voudra même encore, avant que de se taire,
De son ameublement vous faire l'inventaire.
Et s'il est fatigué de vous parler de lui,
Il vous entretiendra des affaires d'autrui,
Il vous fera savoir la chronique locale
Dont le désœuvrement chaque jour se régale.

Et pourtant ce fâcheux qu'on voudrait éviter
Vous prend pour auditeur et se fait écouter.

Et c'est lorsqu'il vous tient de ces discours futiles,
Qu'il vous dit que les vers ne sauraient être utiles,
Et qu'ils font, selon lui, perdre un temps précieux
Que le bons sens devrait nous faire employer mieux !

Mais si vous lui parlez de lettres, de science,
Il ne peut plus, dit-il, vous donner audience,
Il vous quitte à regret, veuillez lui pardonner,
Sa montre l'avertit de l'heure du dîner.

Lorsque dans ces moments où ma pensée est riche
J'ai fait quelques beaux vers, quelqu'heureux hémistiche,
Mon oreille se tend pour écouter ma voix
Qui peut-être en chemin les dit plus de vingt fois.
Si je cherche la rime, et qu'enfin je la trouve,
On ne se doute pas du plaisir que j'éprouve ;
C'est qu'en réalité ce plaisir est si grand,
Que je lève un peu haut mon front de conquérant !
Ma muse a rayonné d'une joie extatique,
Mon cœur a ressenti la flamme poétique,
Et je sens s'humecter mes yeux triomphateurs,
Non pas des pleurs amers ni de larmes d'auteurs,
Mais des pleurs souriants d'une âme satisfaite :
Alors je me délivre un brevet de poète,
Je ne m'épargne pas les lauriers ni l'encens,
Je module à mon gré de sonores accents ;
Et je ne songe plus à ce monde terrestre ;
J'oublie et les passants et ma course pédestre.

Peut-être alors que l'homme aux calculs positifs
Me plaint avec pitié comme on plaint les oisifs :
Sa pitié cependant ne peut être une injure ;
De l'oisif, en effet, j'ai toute la tournure,
Et si je parais tel aux hommes occupés,
Je leur pardonne bien de s'être ainsi trompés.

Mais, pour m'apprécier manquant de clairvoyance,
Je ne sais s'ils n'ont pas peut-être la croyance
Que, cherchant des badauds les vains amusements,
Mon esprit paresseux se nourrit d'aliments
Qui par leur pauvreté causent son atrophie.
Oh ! non, de ce danger ma raison se défie :
Je suis peu tourmenté de désirs curieux,
Je vois par la pensée autant que par les yeux.

Et quand je poétise une de mes idées,
Si celles que l'esprit aurait trop émondées
Se groupent autour d'elle afin de l'annuler,
Jusques à son berceau je la fais reculer,
Je la laisse mourir faute de nourriture,
Ou pour la mettre au jour j'en soigne la culture.

Si j'adopte une idée encore dans sa fleur,
Je veux, pour m'assurer qu'elle a quelque valeur,
Que mon raisonnement, de sa pierre de touche,
M'atteste qu'elle n'est ni boiteuse ni louche,
Je classe cette idée, et, comme je l'entends,
Parfois je la comprime et parfois je l'étends,

J'examine à loisir ses faces les plus neuves
Et je la fais passer par diverses épreuves,
Ou je lui fais subir une plus douce loi
En la faisant briller des rayons de la foi.
Quand l'idée est ainsi malléable et ductile,
Je la formule en vers, et la chose est facile.

Dans la pièce, lecteurs, que maintenant j'écris,
Je vous parle de moi comme je l'ai promis,
Et peut-être j'en parle avec trop d'étendue.
Toutefois, vous voyez, ma lyre est suspendue.
Cette pièce, au besoin, est un avis d'auteur
Qu'avec épanchement je confie au lecteur.
Il m'était bien permis de vous l'écrire en prose,
Car je n'y chante pas et simplement j'y cause.

Mais la prose adressée au lecteur éclairé
Exigerait aussi que l'auteur inspiré
Prît soin de brillanter et d'épurer son style.
La tâche n'eût donc guère était moins difficile.

J'aime la poésie et son aimable frein,
Et je me trouve mieux placé sur son terrain.
Et j'ai tant fait de vers qu'à la fin je m'explique
Pourquoi j'en sais un peu les secrets de fabrique.
Le public jugera si j'en ai les talents.
Sans doute je sais bien qu'il entrait dans mes plans
De vous parler de moi, mais j'ai promis d'avance
De ne pas abuser d'une telle licence.

C'est pour cela, lecteurs, que, sans désemparer,
J'achève cette pièce et je vais préparer
Une conclusion sous forme d'analyse,
Où je ferai savoir dans toute ma franchise
Pourquoi, lorsque mes jours touchent à leur déclin,
J'ai voulu vous payer mon tribut d'écrivain.

ANALYSE.

—

J'aime la poésie, elle fait mes délices !
Parfois elle obéit à mes moindres caprices.
D'ailleurs, elle doit être accoutumée à moi,
Car, depuis quarante ans, je lui garde ma foi,
Et nous nous connaissons tous deux de vieille date ;
Si je lui suis fidèle, elle n'est pas ingrate.
    Tandis que d'autres arts, pâles et languissants,
Triomphant de l'oubli, renaissent florissants,
Seule la poésie à l'écart se repose,
Et je vais, pour ma part, plaider un peu sa cause,
Je vais dire combien je me sens affligé
Quand je vois de nos jours son culte négligé
A peine recruter de rares prosélytes !
Non que je dise ici qu'il manque d'acolytes,

19

Ce n'est pas ma pensée, au contraire, je dis
Que cet art peut briller comme il brillait jadis.
Et si, de temps en temps, les chantres qu'il inspire
Sous leurs doigts exercés font parler une lyre,
On voit que dans les sons et les résonnements
Elle a, comme autrefois, d'heureux frémissements.
Cet art peut sommeiller, mais à tort l'on oublie
Que toujours son sommeil est un sommeil de vie.

Je voudrais que cet art s'infiltrât dans nos mœurs,
Je voudrais qu'on cessât de voir dans les rimeurs
Des hommes désœuvrés et des gens à manies,
Et que l'on se souvînt de ces heureux génies
Dont l'histoire en tout temps se fit des boulevards,
Et qui de leurs beaux vers enrichirent les arts.

Oh ! oui, la poésie est un art qui doit vivre,
Et voilà bien pourquoi, dans le cours de ce livre,
Je me suis si souvent porté son défenseur.
Je voudrais que cet art redevînt possesseur
Du haut rang qu'il avait dans ses gloires natives,
Et que, réintégré dans ses prérogatives,
Il rencontrât partout des cœurs pour le chérir.
Heureux si pour ma part je puis y concourir !

Des auteurs indolents ranimant le courage,
Je leur dis qu'ils font bien de se mettre à l'ouvrage,
Que l'on trouve toujours des palmes à cueillir,
Et que l'esprit humain ne doit pas défaillir,

Puisque, si le génie est beau dans son audace,
Avec du bon vouloir souvent on le remplace.

    J'indique le jalon que le goût a planté
Entre le laconisme et la prolixité.
J'ai dit que s'il était nécessaire de lire,
Il était bien aussi d'entreprendre d'écrire,
Que chaque intelligence a sa dette à payer,
Qu'il faut s'énorgueillir et non pas s'effrayer
De ces noms éclatants qui décorent l'histoire ;
Que ces grands écrivains qui couvrirent de gloire
Les lettres et les arts arrivés jusqu'à nous,
Ont frayé des chemins accessibles à tous,
Et que si du passé nous sommes légataires,
Il faut de l'avenir nous rendre tributaires.

    J'ai parlé du respect qu'on doit aux monuments
Où l'histoire a puisé de grands enseignements,
Et qui, restés debout, ont passé d'âge en âge
Pour qu'elle en invoquât le puissant témoignage.
Salut, ô monuments que les siècles fuyards,
En frémissant d'orgueil, couvrent de leurs regards !
Ah ! si le vandalisme, en ses jours frénétiques,
Osa porter le fer dans vos flancs artistiques,
Et sur un sol fangeux dispersa vos lambeaux,
Pour vous ensevelir il manqua de tombeaux.

    J'ai signalé le mal que fait le persifflage,
J'enseigne le pardon que l'on doit à l'outrage,

J'honore le savant et le compilateur.

Je cherche à démontrer qu'un versificateur

Avec beaucoup d'esprit peut sans être poète

Faire à des vers brillants une riche toilette ;

Et j'ai dit la beauté des chants mélodieux

Qui faisaient retentir la voûte des saints lieux.

 Et j'explique comment le sévère classique

Pourrait marcher de front avec le romantique.

J'élève des autels au culte des vieillards,

Aux excès de l'orgueil j'oppose des remparts ;

Je proscris la vengeance et je flétris la haine.

Et c'est en vous parlant d'une dame hautaine

Qu'aux esprits vaniteux je donne une leçon ;

Je fais apercevoir le danger du soupçon ;

Et, sous divers aspects, je peins la bienfaisance,

Le devoir filial et la reconnaissance,

Je parle du plaisir que causent les bienfaits,

J'exhorte à la prière et j'invite à la paix.

 Je vous ai fait songer à ces nuits d'insomnie

Où tout notre passé quelquefois se déplie,

Et, pour y faire naître un salutaire effroi,

Fait au fond de nos cœurs résonner le beffroi.

 Pour la porter au bien je dis à la jeunesse

Ces mots si consolants : espérance et sagesse !

Bien souvent j'ai parlé de cendres, de cercueil,

De larmes, de sanglots, d'agonie et de deuil.

Sans doute j'ai tracé de funèbres images,
J'ai parlé de la mort dans plusieurs de mes pages,
De la mort seulement dont on subit la loi,
Sans jamais l'appeler pour d'autres ni pour soi,
Et non de cette mort qui résulte du crime.
Et je n'ai pas besoin, pour qu'un tableau s'anime,
De causer au lecteur un horrible frisson,
En lui parlant de sang, de meurtre et de poison.

Oui les pensers de mort sont des pensers utiles,
Les chagrins et les pleurs sont des sujets fertiles,
Et si vous en trouvez de plus réjouissants,
Vous n'en trouverez pas de plus intéressants.

Je répète souvent qu'il faut quitter ce monde,
Cette idée est pieuse autant qu'elle est profonde;
Elle est pour notre cœur le plus pur aliment.
Et l'on pourrait un jour payer bien chèrement
L'absurde vanité d'une philosophie
Qui follement voudrait nier une autre vie.

J'ai dit que la pensée à son gré voyageait,
Et que dans l'infini notre âme se plongeait.

J'ai parlé des leçons que notre esprit recueille
Lorsque dans le bocage on voit tomber la feuille.
Et ce temps destructeur, je vous l'ai rappelé
Quand je vous ai fait voir un vieillard isolé.

J'ai chanté le ciel bleu, les fleurs et la verdure,
La nature champêtre et sa riche parure,

La neige, les frimas, la brume et les glaçons ;
J'ai chanté les couleurs, j'ai voulu des saisons
Vous faire remarquer la savante harmonie.
Je vous ai dit que Dieu, dans sa grâce infinie,
Dieu que vous appelez dans les jours de douleurs,
Des pécheurs repentants peut essuyer les pleurs
Et ramener la paix dans l'âme criminelle,
Quand de pieux remords intercèdent pour elle.

Je vous ai signalé l'effet qui se produit
Alors que le silence a remplacé le bruit.
Et j'ai fait remarquer la muette surprise
Qu'on éprouve toujours en entrant dans l'église.

De la monotonie appréhendant l'écueil,
J'ai voulu varier ce modeste recueil,
J'ai voulu, suspendant les rimes solennelles,
Pour changer de tableaux composer des nouvelles ;
Mais les faits que j'ai cru devoir imaginer
Devais-je m'occuper du soin de les orner ?
Non, puisque je voulais que chaque personnage
Fût simple dans ses mœurs comme dans son langage,
Que l'action marchât, dans sa simplicité,
Avec le passe-port de sa moralité,
Et sans qu'il fût besoin que pour être acceptée
De joyaux scintillants elle fût brillantée.

L'écrivain peut donner de la magie aux mots
Qui, transformés en fleurs, sous ses doigts sont éclos.

Il peut, les colorant d'une teinte vermeille,
En extraire les sons dont s'abreuve l'oreille ;
Il peut leur demander des tableaux miroitants
Réjouissant le cœur comme un jour de printemps.

Il doit être applaudi lorsqu'il a, sans emphase,
Donné de l'onction et du nerf à la phrase,
Et lorsque sur ses vers au riant coloris
Comme des grains d'émail tombent les mots fleuris.

Ce n'est pas au moyen d'une mante vernie
Que d'un style blafard ou pauvre d'harmonie,
On pourra parvenir à couvrir les défauts ;
Mais on peut le jasper à l'aide de pinceaux
Imprégnés des couleurs que l'esprit a lustrées,
Lorsque du sel attique il les a saupoudrées.

Quand mon âme a plongé dans la création,
Je ne puis donc jamais rendre l'impression
Que me font éprouver tous ces effets d'optiques
Que Dieu dans la nature a faits si magnifiques !
Ah ! ces impressions nous remplissent le cœur
De prière et de foi, de calme et de bonheur !

Je ne puis faire un pas sans que le grain de sable
Ait dressé devant moi son mystère impalpable !
Mon esprit isolé vivant dans ce milieu,
J'ai parlé bien souvent de ces œuvres de Dieu,
Et vous voyez qu'ici je vous en parle encore.
La feuille qui verdit, le soleil qui se dore,

La tempête calmée, et les glaçons fondus,
Font naître des pensers qui, pour être rendus
Avec leurs traits d'azur et leurs teintes de flamme,
Devraient, pour ainsi dire, être écrits avec l'âme.

Et je dois bien alors, moi chétif écrivain,
Reconnaître combien mon esprit serait vain
S'il avait le désir de réduire à sa taille
Ces pensers éloquents dont mon âme tressaille,
Et qui s'amoindriraient si je les rendais mieux.

De toute part cerné par la terre et les cieux,
Si chaque souffle d'air me transmet un oracle,
Chaque atome à son tour me révèle un miracle
Qui grandit ma pensée et courbe mes esprits !
Et si je suis un peu poète quand j'écris,
Je suis bien plus encor poète quand je pense.
Alors le feu sacré m'arrive en abondance,
Et ma plume et ma voix sont de ces instruments
Plus aptes à broder quelques vains ornements
Qu'à transmettre l'éclat que mon âme reflète,
Quand des chiffres humains ma pensée est distraite.

Ma muse n'a jamais d'accents plus radieux
Que lorsque je me sens des larmes dans les yeux ;
Et c'est en se grisant de pleurs et de rosée,
Qu'avec quelque bonheur elle rend ma pensée.

Et quand je vais, songeant aux mondes éternels,
Contempler à moi seul les tableaux solennels

Qu'aux regards éblouis expose la nature,

Mon extase me plaît ! tout le temps qu'elle dure

Je pourrais composer les hymnes les plus beaux !

J'ai de la poésie, elle déborde à flots !

Grand Dieu ! nous vous devons et nos jours et nos veilles !

A pleines mains pour nous vous semez les merveilles !

Et quand l'esprit humain vous doit tout son savoir,

Que l'impie a grand tort de laisser entrevoir

Sur ses lèvres de marbre un coupable sourire

Qui choque la raison et qui tient du délire !

Je ne vous comprends pas, sceptiques orgueilleux ;

Vous n'avez donc pas vu ces mondes merveilleux ?

Dites donc au soleil qu'il cache sa lumière !

Et qui donc vous croira quand la nature entière,

Majestueux témoin, dépose contre vous,

Combat vos arguments et les terrasse tous ?

Et pourquoi craindrait-on votre raison superbe,

Lorsqu'on peut s'en défendre à l'aide du brin d'herbe !

Je ne sais si mon livre ira vivre à l'écart

Sans que les gens lettrés l'honorent d'un regard ;

Il lui faudra du temps et bien du temps peut-être

Avant qu'il se propage et se fasse connaître.

Mais, en le publiant, je déclare bien haut

Que j'ai su le juger, que je sais ce qu'il vaut,

Et que, selon mes vœux, sa valeur principale,

C'est qu'il est, avant tout, un livre de morale.

20

Et je l'ai fait ainsi, pour qu'à mon lit de mort,
A l'heure où le passé préoccupe si fort,
Il ne soit pas besoin d'en rayer une ligne ;
Pour qu'à l'heure suprême où le cœur se résigne,
Je ne regrette pas de l'avoir publié.

Ce recueil, cependant, doit-il vivre oublié ?
Pourra-t-il pénétrer dans ces bibliothèques
Où des livres parés de beautés extrinsèques
Se disputent l'éclat d'un luxe audacieux ?
Je ne sais ; mais, lecteurs, s'il passe sous vos yeux
Dans ces heureux moments où l'âme s'étudie,
Il obtiendra de vous un peu de sympathie.
Il vous consolera sur le déclin des ans ;
Il pourra faire aimer la morale aux enfants,
Et délasser l'esprit du vieillard solitaire ;
Il deviendra chez vous un meuble héréditaire ;
Et s'il fait quelque bien comme je l'ai pensé,
Je me réjouirai de l'avoir composé.

FIN.

TABLE

DES MATIÈRES CONTENUES DANS CE VOLUME.

FIN DE LA TABLE.

www.ingramcontent.com/pod-product-compliance
Lightning Source LLC
Chambersburg PA
CBHW071858020726
47502CB00003B/802